Un automne à Paris

ici l'ailleurs
collection dirigée par Aline Apostolska

Déjà parus :

Christiane Duchesne, *Le premier ciel*
Pierre Samson, *Alibi*
Naïm Kattan, *Les villes de naissance*
Robert Dôle, *Mon Allemagne*
Sylvie Massicotte, *Au pays des mers*
Hélène Dorion, *Jours de sable*
Hugues Corriveau, *Hors frontières*
Martine Delvaux, Catherine Mavrikakis, *Ventriloquies*
Pierre Thibeault, *D'un ici à l'autre*
Linda Leith, *Épouser la Hongrie*
Marie-Andrée Lamontagne, *La méridienne*
Denise Desautels, *Ce désir toujours*
Geneviève Robitaille, *Éloge des petits riens*
Danielle Fournier, *Le chant unifié*

Lise Gauvin

Un automne à Paris

LEMÉAC

Couverture : dessin de Jesús de Vilallonga, *Métiers* (détail), 11 × 19 cm, 2004.

Leméac Éditeur remercie le ministère du Patrimoine canadien, le Conseil des arts du Canada, la Société de développement des entreprises culturelles du Québec (SODEC) et le Programme de crédit d'impôt pour l'édition de livres du Gouvernement du Québec (Gestion SODEC) du soutien accordé à son programme de publication.

ISBN 2-7609-6514-7

4609, rue d'Iberville, 3e étage, Montréal (Québec) H2H 2L9
Dépôt légal – Bibliothèque nationale du Québec,
3e trimestre 2005

Imprimé au Canada.

À Andréanne, Marie-Ève et Lydia

J'ai bien des fois rêvé d'écrire sur Paris un livre qui fût comme une grande promenade sans but où on ne trouve rien de ce que l'on cherche, mais bien des choses que l'on ne cherchait pas.

JULIEN GREEN, *Paris*

Générique

Entre un livre qui s'achève et un autre en projet, faire une halte. Prendre le pouls d'une ville, non pas celle des monuments et des lieux célébrés, mais celle qui s'offre chaque jour au passant. Être soi-même partie de ce flot d'images et de ce mouvement. Tracer le portrait de cet inachèvement, de ces visions fugitives au cœur de l'agitation urbaine. Bribes de vie arrachées de justesse à une probable disparition. Simple plaisir du regard ? À moins que ce ne soit celui de se regarder regarder, de s'éprouver vivant au contact des promeneurs et des badauds. Pour cela, s'arrêter un moment. Choisir un café, parfois le même, parfois un autre. Se mettre à l'écoute. Attendre que quelque chose se passe, en soi ou hors de soi. Commander un grand crème et une tartine beurrée. Lire les journaux du jour. Savoir déjà que tout ce que vous observerez durant ce séjour vous sera à la fois étrange et familier, étrangement familier et étrangement distant, comme le film de votre propre vie qui se déroulerait devant vos yeux. Parfois au ralenti, parfois en flash-back. Le temps de capter quelques figures et déplacements.

OCTOBRE

Extérieur jour

Le Buci. Onze heures. À côté de moi des gens parlent le néerlandais et l'anglais. Un peu plus loin des habitués se sont donné rendez-vous. Un homme aux cheveux attachés derrière la nuque se promène d'une table à l'autre, oubliant son verre à un endroit, puis le reprenant selon une chorégraphie connue de lui seul. Au Buci News, où je viens d'acheter des journaux, des cartes postales de toutes les tailles et de toutes les couleurs ont remplacé la collection de stylos et d'agendas qui avait fait les beaux jours du commerce précédent, connu sous le nom de Papeterie de Buci. Le snobisme parisien parle anglais comme on affiche à New York le nom des restaurants en français. Apparemment le quartier est resté le même, avec son curieux mélange de touristes encombrés de paquets et d'intellectuels à cartables usés. Impression sans doute trompeuse car à chacun des voyages précédents, j'avais remarqué la disparition d'une librairie et son remplacement par un commerce de vêtements de luxe. Comme si la Seine avait soudain fait demi-tour et inversé ses rives, la droite devenant la gauche et vice-versa.

Le Journal du dimanche annonce l'exclusion de deux lycéennes voilées d'un lycée d'Aubervilliers. Le secrétaire national du parti communiste qualifie le geste des administrateurs du lycée de « décision courageuse ». Cette décision aura pour effet, croit-il, de protéger les autres jeunes contre les pressions exercées sur elles par leurs pères, leurs frères ou leurs cousins. *Le Figaro* et *Libération* consacrent de longs articles à la lauréate du prix Nobel de la paix, Shirin Ebadi, une Iranienne musulmane hostile au foulard et avocate des droits de l'homme. On précise que cet honneur a été accueilli plutôt froidement par le gouvernement iranien. Shirin Ebadi, cette « pasionaria coup de poing », obligée de porter le voile chez elle, l'enlève dès qu'elle est en pays étranger.

Libération m'offre aussi la lecture d'un journal tenu durant une semaine, depuis New York, par Assia Djebar, romancière d'origine algérienne. La voici « telle une brodeuse, la dentelle à la main ; assise, un crayon entre les doigts, à une terrasse de café, la foule autour qu'[elle] ne voi[t] pas, qu'[elle] entend ». Cette image de la dentellière me convient tout à fait, à cette différence près que j'ai choisi comme l'un des principaux motifs du dessin cette foule qui m'entoure et dont j'observe les mouvements comme autant de pistes à suivre. Une douzaine d'années séparent mon dernier automne parisien de celui-ci. Ce n'est pas sans une certaine angoisse que je m'apprête à vivre de nouveau l'expérience du décentrement. Car le centre demeurera toujours, pour chacun, le pays de l'enfance et des expériences premières, quels que soient le lieu d'origine et la position plus ou moins « périphérique » de ce lieu.

D'autres sujets me sollicitent : des réflexions de Susan Sontag à propos des horreurs sans nom parce qu'elles sont sans images ; le quarantième anniversaire de la mort d'Édith Piaf, souligné par la parution de six chansons inédites ; une exposition Zao Woo Ki au Jeu de Paume, dans laquelle se trouve un triptyque intitulé *Hommage à Jean-Paul Riopelle* ; une publicité pour le film d'Arcand, *Les invasions barbares*, récemment sorti dans les salles de cinéma. Et bien d'autres choses encore. Me voilà en plein cœur du kaléidoscope parisien, avec son dédale de parcours possibles.

Je remarque alors un homme à une autre table qui écrit lui aussi. Le carnet est noir, à couverture rigide. Peut-être note-t-il que non loin de lui une femme écrit dans un cahier orange à feuilles quadrillées. Paris est une ville qui s'écrit, que l'on écrit, décrit. Qui nous écrit aussi. Il est impossible de rester indifférent devant cette atmosphère de fébrilité et d'effervescence à peine tempérée par le calme insondable des pierres. Diane Dufresne déclare ne s'être jamais habituée à la beauté de Paris. C'est cette beauté qui me frappe lorsque, à peine descendue d'avion après une nuit sans sommeil, j'aperçois les contreforts de Notre-Dame majestueusement posés sur leur socle, défiant l'Histoire de leur tranquille assurance.

Intérieur nuit

Pour ma première sortie, j'ai choisi de me replonger dans l'ambiance québécoise en allant voir *Les invasions barbares.* Sans doute suis-je l'une des rares parmi mes compatriotes à ne pas avoir encore vu le film. Ce rattrapage ne me déplaît pas. J'aurai ainsi l'occasion de revenir pour quelques moments en territoire familier et d'observer la réaction des spectateurs français. Au Québec, la critique était unanime. En France, après avoir reçu, lors du festival de Cannes, les prix du scénario et d'interprétation féminine, l'œuvre a obtenu quelques critiques discordantes.

Film en demi-teintes, en conversations feutrées. Un sujet à la Bergman teinté d'humour et d'une insoutenable légèreté. Le critique du *Monde* parle de clichés, d'une œuvre qui ne renouvelle pas le cinéma. Mais Arcand a-t-il jamais songé à renouveler le cinéma ? Ne souhaite-t-il pas d'abord décrire un certain désarroi des cœurs et des corps ? D'où la pertinence de la technique du champ/contre-champ, apte à rendre l'intimité des confidences et des conversations à bâtons rompus. Alors que *Le déclin de l'empire américain* tournait au drame, cette fois le tragique, posé dès le début du film, est côtoyé et évité. Vivre, plus que mourir, est une souffrance, semble dire la jeune droguée. J'aurais aimé que le cinéaste s'attarde plus longtemps sur ce personnage énigmatique.

Deux semaines après la mise en circulation du film dans les réseaux de distribution français, la salle est encore aux trois quarts pleine. Les gens rient aux bons mots, soupirent d'indignation quand il est question de corrompre les anciens étudiants du professeur. Tout s'achète, semble dire Arcand. Le monde est un bordel généralisé que traversent des êtres centrés sur leur propre bonheur, sauvés *in extremis* de l'insignifiance par l'amitié qui les unit. On endort Rémy avec des piqûres d'héroïne et avec des images idylliques de réconciliation familiale. Arcand le moraliste pose ici, par le biais d'une méditation sur la mort, un diagnostic sévère sur l'état actuel de la société. La séance se termine par un silence ému. Les spectateurs restent quelques instants immobiles avant de quitter la salle.

Est-ce ainsi que les hommes vivent ?

Extérieur jour

L'Écritoire. Midi. Chaque café a sa personnalité, sa clientèle, ses codes accessibles aux seuls initiés. Dans celui-ci, où l'allure studieuse est de rigueur, il est rare que l'on ne reconnaisse pas l'un ou l'autre des visages aperçus quelques minutes auparavant sur la couverture d'un livre de la librairie qui se trouve juste à côté, à l'angle de la place de la Sorbonne et du boulevard Saint-Michel. Il règne dans ce café une ambiance d'efficacité mesurée. Les repas s'y servent rapidement. Je commande une selle d'agneau et des haricots verts, le menu du jour. Une jeune Eurasienne opte pour des frites et du ketchup. Le garçon les lui apporte sans broncher. L'heure du repas passée, l'endroit se vide peu à peu.

Cette faune contraste avec celle, plus sophistiquée ou plus snob, côtoyée hier à la Foire internationale d'art contemporain (FIAC). Peu de découvertes toutefois dans cette exposition gigantesque. À quelques exceptions près, l'ensemble donnait une impression de déjà-vu : peinture géométrique, pop art, expressionnisme… Parmi les sujets d'étonnement, des bustes grandeur nature, visages maquillés, yeux de verre et vrais cheveux donnant l'illusion de la vie. Autre curiosité : le déroulement d'une vidéo représentant la silhouette d'une mariée que quelqu'un tente de photographier. La mariée est vue de dos devant un boulevard où passent plusieurs autos. Le vent défait la disposition du voile et de la robe. À tout instant, le photographe vient les remettre en place. Il répète le geste une dizaine de fois. Puis, comme s'il s'agissait d'un incident ou d'un nouvel effet de mise en scène causé par les éléments, la mariée se retourne et on voit un homme tout de blanc vêtu à son bras. Mais l'image s'efface aussitôt apparue et la scène du début reprend, inlassablement. Le bruit des autos qui passent contribue encore à brouiller le récit. On croirait un film de Duras, la narration en moins. Je reste longtemps à contempler ces mouvements répétitifs, dans l'attente d'un événement toujours différé.

Quinze heures trente. Le café se remplit de nouveau. De petits groupes d'étudiants arrivent, discutent, fument et se quittent en promettant de se revoir bientôt. Sans oublier de vérifier leur tenue dans la glace – surtout l'écharpe, c'est indispensable – avant de sortir.

Intérieur nuit

Relecture des notes prises lors d'un séjour précédent :

« Je retrouve Paris comme si je l'avais quittée la veille. La ville change peu et lentement. Les bords de la Seine achèvent d'être aménagés en promenades pour piétons. Les pavés sont pâles, presque trop neufs. Comme des édifices qu'on vient de ravaler. Les clochards n'ont pas encore découvert l'endroit. Ou peut-être qu'ils n'y croient pas, pensant qu'il s'agit d'un simple décor. Les bateaux-mouches continuent de transporter les touristes, le soir, dans une ambiance de son et lumière. Mais les sièges sont vides sur le pont avant. Les gens se regroupent de préférence à l'intérieur des cabines. C'est l'automne. Un automne plutôt venteux et froid. Avec quelques belles journées en prime, des journées chaudes comme notre été indien. C'est au cours d'une de ces journées que je me suis aperçue que quelque chose avait changé dans Paris. En traversant le Pont-Neuf, je me suis souvenue d'une scène qui m'avait profondément touchée au printemps. Devant La Samaritaine, un homme jouait de l'orgue de Barbarie, ce qui en soi n'a rien que de banal. Mais l'homme était accompagné de deux chats, dont l'un était confortablement installé dans un lit de poupée ancien surmonté d'une ombrelle. L'homme était barbu, blond, portait un chandail breton, un chapeau de paille et fumait la pipe. Il s'arrêtait parfois de jouer pour parler à ses chats, les nourrir ou sourire aux passants.

Qu'est-ce qui m'avait surtout attirée dans ce tableau ? Le naturel qu'il représentait ? L'insolite de l'installation ? Ce moment de grâce, j'essaie en vain de le retrouver. Il y avait bien encore, ce samedi de la semaine dernière, un homme qui jouait de l'orgue de Barbarie devant La Samaritaine, mais l'un des deux chats avait été remplacé par un chien et aucune des bêtes n'avait droit à un confort particulier. Ils étaient simplement reliés à l'instrument de musique par une corde attachée à leur collier. De plus, l'homme avait maintenant une barbe brune et portait une banale casquette grise, qui accentuait encore son air fatigué et triste. La musique était devenue mécanique. Ce n'était ni le même homme ni les mêmes chats qu'au printemps. J'étais déçue. Mais était-ce bien la réalité ou mon souvenir qui m'avait trahie ? Me voilà quitte pour la nostalgie. »

Je n'ai encore aperçu aucun joueur d'orgue de Barbarie, ni aucun animal aux yeux tristes me regardant d'un air complice. Les musiciens du métro accompagnent chacun de mes trajets, les uns avec système de son et haut-parleurs puissants, les autres avec comme seul partenaire un instrument dont ils jouent avec un art consommé. Il m'est arrivé d'entendre une chanteuse de loin, en descendant les marches de la station Odéon. Elle était là debout, un minuscule panier posé près de ses pieds, chantant *a cappella* les plus beaux airs du répertoire classique d'opéra. Je ne me lassais pas d'écouter cette voix chaude comme venue d'une autre époque, mal assortie au cadre dans lequel elle se produisait et pour cela d'autant plus émouvante. Nous étions quelques-uns à admirer sa performance. La chanteuse semblait ne pas se soucier du public qui augmentait autour d'elle, poursuivant son tour de chant comme si elle se trouvait dans une salle de concert. Quand à la fin j'avais dû, faute de mieux, jeter une pièce dans le panier, je m'étais sentie à la fois réconfortée par ce que je venais d'entendre et mal à l'aise d'avoir assisté à ce qu'il fallait me résoudre à considérer comme une scène de mendicité.

Extérieur jour

Beaubourg. Visite de l'exposition de Jacques-Henri Lartigue, peintre, photographe, écrivain. D'abord peintre, il faisait de la photographie comme passe-temps, pour garder des souvenirs de famille. Les premières photos tentent surtout de capter le mouvement, d'arrêter le temps. Un ballon qui s'envole. Un joueur de foot. Un homme descendant un escalier. Il s'aperçut à la fin de sa vie que c'était là sa vraie vocation, diversifia alors ses sujets, croqua des scènes de rues, de foules. Curieux, tout de même, cette erreur sur son propre talent.

Au rez-de-chaussée, une installation présente la Chine moderne. En projection continue, sur grand écran, un documentaire montre des paysans quittant une province pour aller travailler ailleurs. Les visages sont graves, tendus vers un espoir diffus. « Pour qui faites-vous cela ? » s'enquiert une voix. « Pour nos enfants, pour qu'ils puissent s'instruire. » « Qu'est-ce que vous souhaitez ? » demande la voix à un garçon d'une huitaine d'années. « Qu'on soit moins tassés », répond-il. Au matin, jeunes et moins jeunes sont empilés les uns sur les autres dans des positions figées qui ressemblent à la mort.

Extérieur jour

Les téléphones portables ont envahi la place. Plus moyen de faire un pas sans entendre quelqu'un murmurer dans un appareil minuscule, parfois directement branché sur ses vêtements, comme s'il poursuivait une rêverie sonore à peine interrompue par les répliques d'un interlocuteur invisible dont la présence est tout juste tolérée. Parole publique sans autre écho que celui du bruit qu'elle génère et du brouillage qu'elle cause dans les communications courantes.

Entendu au supermarché :

— C'est à vous le fromage ?

— Oui.

Pardonne-moi, je répondais à la caissière. Nous nous voyons ce soir ? À huit heures.

— Cela fera quinze euros.

— À bientôt, ma chérie.

— Tenez, voilà la monnaie.

Intérieur nuit

Vu le film de Samuel Benchetrit, *Janis et John.* Intrigue bien ficelée, avec humour et suspense à l'appui. Marie Trintignant, dont c'est le dernier film, passe de la femme d'intérieur à la star avec une grande aisance. Production familiale en somme, tournée en compagnie de deux ex-compagnons de l'actrice et de son père, qui y tient un rôle secondaire. Une émotion particulière plane dans la salle quand on aperçoit, en dernière image, le beau visage de Marie souriant aux spectateurs. C'était avant l'événement, la passion, la violence et la chute dans un coma fatal. Qui saura vraiment ce qui s'est passé, à Vilnius, cette nuit-là, entre deux scènes de tournage, dans la chambre des amoureux ? Un changement trop brusque de registre ? Un dérapage progressif ? Chacun a eu l'impression d'assister, presque en direct, à un mauvais épisode de téléréalité. Ou à un roman de série noire dont on aurait dévoilé la fin avant le commencement. Quand il s'agit d'amour, où commence la fiction ?

Extérieur jour

Je réussis tant bien que mal à traverser les quais où déferle avec une énergie contenue une horde de Parisiens chaussés de ce que l'on a pris l'habitude de désigner en France sous le nom de *rollers*. On se serait cru en pleine compétition olympique. Ou en vacances dans quelque Club Med pour prolétaires en quête de performance sportive, tous âges confondus.

Au milieu du Pont-Neuf, là même où Frédéric Moreau s'était arrêté pour réfléchir après une visite chez Mme Arnoux, dans *L'éducation sentimentale* de Flaubert, une minuscule souris grise provoque un attroupement. Et d'aucuns de s'exclamer sur l'inattendu du spectacle ainsi soumis aux regards. D'autres, muets, se demandent s'il faut ou non intervenir. La souris émerge d'un paravent destiné à masquer les travaux en cours sur le pont. Indifférente à la rumeur qui grossit autour d'elle, elle se dirige calmement vers la chaussée, sans se douter du danger qui l'attend. Le cercle se referme. Quelqu'un la sauvera-t-il ? Personne ne bouge.

À quelques encablures de là, Notre-Dame surveille la scène du haut de ses tours.

La souris poursuit son chemin, portant dans son corps bientôt sacrifié toute l'innocence du monde. Mais ce dénouement, je n'ai fait que l'imaginer, préférant moi aussi, comme Frédéric Moreau jadis, continuer ma route.

Au Salon de la revue, Espace des Blancs-Manteaux, des centaines de publications plus ou moins confidentielles attendent leur lecteur. L'entrée est gratuite. Tous les sujets y sont représentés, de la philosophie à l'écologie en passant par les arts visuels et la poésie. Il y règne une atmosphère de joyeuse convivialité, semblable à celle qui anime le Marché de la poésie fréquenté chaque année, place Saint-Sulpice, par des amateurs venant de plusieurs pays. Ce sont les contacts qui comptent, disent les rédacteurs de périodiques québécois présents. Les discussions se prolongent. Le temps semble suspendu. Dans l'économie générale des médias, la présence des revues a quelque chose de délicieusement anachronique. Rien à voir avec le star-system qui préside aux destinées des salons du livre où, s'il a le malheur de se retrouver à côté d'un auteur de best-seller lors d'une séance de signature, l'écrivain est considéré par les visiteurs comme un simple figurant. La revue existe par la seule volonté de ses animateurs, laboratoire fragile où s'invente la littérature. On dirait la souris du Pont-Neuf, calme et déterminée, indifférente au vacarme qui l'entoure.

Intérieur nuit

Devant l'écran. Inondations dans le sud de la France. Arles est particulièrement touchée. Un vieillard de 90 ans refuse de quitter son logis. D'autres sont repêchés en hélicoptère. Tout cela était prévisible, dit-on. Un rapport avait été déposé, dont on aurait dû tenir compte. Images d'un homme et d'une femme tirant chacun un chien énorme à la queue coupée. On se croirait dans un film de Buñuel.

Extérieur jour

Le Danton. Seize heures. Les écoliers rentrent chez eux, sac au dos. Une petite fille tient une poupée dans ses bras. Quelqu'un filme le carrefour avec une caméra vidéo. Une femme essaie de vendre le *Journal des sans-logis.* Deux enfants arrivent avec leur mamie. Ils s'installent pour colorier pendant que la mamie leur commande des chocolats chauds. Le vendeur du *Monde,* un Pakistanais connu dans le quartier pour ses blagues, annonce le mariage de Loana – la gagnante du premier *Loft Story* – avec Ben Laden. Entre deux averses, les gens téléphonent, allument une cigarette, se croisent et se saluent. Les enfants demandent des pailles. Un air d'accordéon parvient jusqu'à l'intérieur du café.

Paris en octobre vit au rythme du mouvement d'une sonate de Diabelli, un rythme modéré et chantant. *Moderato cantabile*, comme chez Duras où la musique vient discrètement souligner la fragilité des êtres devant la passion. Dans *Festivité locale*, un roman de David di Nota, je lis ceci : « Quant à savoir pourquoi cette ville est la plus belle, je n'en sais rien non plus. Vrillante, décomposée dans sa lévitation, poussière de beauté qui retombe. On y pénètre avec aisance, ses portes sont ouvertes au vent. Mais il n'y a pas de courants d'air. Ni d'appels, ni d'échos. Tout glisse en elle au cœur d'un silence effilé. » Un silence habité de mille mots, traversé par des mélodies que chacun est libre ou non d'entendre.

Qu'on ne se méprenne pas sur cette aisance et cette facilité de la ville à s'offrir au passant. Tout ici est codé et programmé dans des archives immémoriales. Ainsi ce n'est pas un passant qui passe mais la mémoire d'un passant. Pour l'instant, je suis celle-là et celui-ci. La mémoire et le passant. Ou plutôt la passante.

Intérieur nuit

Walter Benjamin écrit : « Dans la personne du flâneur l'intelligence se familiarise avec le marché. […] Le flâneur fait figure d'éclaireur sur le marché. En cette qualité, il est en même temps l'explorateur de la foule. La foule fait naître en l'homme qui s'y abandonne une sorte d'ivresse qui s'accompagne d'illusions très particulières, de sorte qu'il se flatte, en voyant le passant emporté dans la foule, de l'avoir, d'après son extérieur, classé, reconnu dans tous les replis de son âme. »

Il semble aller de soi de lier la modernité littéraire, telle que nous la concevons aujourd'hui, à la ville, plus particulièrement à la ville industrielle du XIXe siècle. Depuis Baudelaire, l'image de l'écrivain est celle d'un homme se frayant un chemin au milieu de la foule et tâchant de transformer en signes lisibles les ondes de choc qu'il en reçoit. La figure de l'écrivain recoupe alors celle du flâneur, celui à qui la ville fait signe, celui qui l'observe dans le but non pas d'en comprendre le « marché », mais plutôt d'en déchiffrer le texte. Le roman est né avec la ville, a-t-on affirmé, parce que la ville décuple les possibles narratifs et légitime la rencontre, le secret, l'interdit. La vie cadencée de la ville s'accompagne également d'un fractionnement du temps en une suite d'instants innombrables. Chaque instant peut dès lors être le moment de la plus grande chance, de la plus grande émotion. Telle est la sensation du moi dans le sonnet *À une passante* de Baudelaire.

Depuis la fin du XIXe siècle, la modernité s'attache à saisir la vie dans ce qu'elle a de fugace et de passager, de façon à extraire de l'anonymat des foules la magie du particulier. Et ce n'est pas par hasard que la photographie s'est développée à peu près en même temps que la cité moderne.

Ce qui vient d'être dit des rapports entre ville et roman ne s'applique-t-il pas davantage et avec plus de justesse encore à la nouvelle ? Proche de la modernité baudelairienne perçue comme étant le « transitoire, le fugitif, le contingent », la nouvelle est un art de passages, de passants, de passeurs. Art urbain dans la mesure où il échappe à toute définition englobante, dans la mesure où il n'est jamais totalisable. Ces instantanés parisiens, tableaux en miniature que chacun peut à sa guise prolonger en événement, participent de la même esthétique.

Extérieur jour

Congrès sur les études québécoises en Europe. Environ deux cents participants.

En tout, une cinquantaine de communications réparties en deux sessions parallèles : d'une part les lettres, de l'autre les sciences humaines. J'en retiens une grande diversité de sujets, d'approches. À côté de thématiques plus connues, telles l'américanité de la littérature québécoise ou la question des littératures migrantes, une analyse fort bien documentée fait ressortir les images contradictoires de révolutionnaires présentes dans *Prochain épisode*, d'Hubert Aquin : l'exposé a été préparé, depuis Varsovie, par une jeune étudiante polonaise, avec le soutien d'un universitaire spécialiste du Québec. Un chercheur hongrois retrace, dans la littérature du Québec, la naissance de mythes américains : celui de la réussite et du *self made man*, qu'il désigne sous le nom de mythe de Napoléon, et celui de la jeune femme qui n'est pas à sa place, qu'il nomme le mythe de Cendrillon. Cette perspective très large suscite plusieurs débats. S'appuyant sur *Une histoire américaine* de Godbout, une universitaire de Roumanie montre les enjeux identitaires dans le contexte de l'hétérogénéité postmoderne. Une recherche effectuée par une universitaire d'origine espagnole compare la réception des littératures migrantes au Québec, en France et en Espagne. Alors qu'en Espagne on n'ose encore parler du phénomène, on constate en France un malaise à identifier certains écrivains autrement que sous l'appellation « écrivains venus d'ailleurs », la notion même de « littérature beur » étant objet de suspicion. Au Québec, par contre, le concept de littérature migrante a été si répandu que ses représentants se demandent aujourd'hui si on n'est pas en train subtilement de les ghettoïser.

Un exposé donné par un universitaire de Dublin porte sur les relations entre le Québec et la France telles qu'elles apparaissent dans des textes de l'immédiat après-guerre. Dans *La France et nous*, publié en 1947, Robert Charbonneau prend ses distances avec l'héritage littéraire français et incite ses compatriotes à se tourner vers d'autres modèles que ceux de la mère patrie : « Le premier pas d'une littérature vers l'autonomie, écrit-il, consiste à répudier toute conception coloniale de la culture. Que nos écrivains ambitionnent d'abord d'être eux-mêmes, sans tenir leurs yeux sur ce qu'on pensera à Paris, ou plutôt, qu'ils regardent ce qui se fait ailleurs, dans les techniques françaises, anglaises, russes et américaines, ce qui convient à leur tempérament et qu'ensuite ils n'aient qu'un but : créer des œuvres qui soient fondées sur leur personnalité canadienne. » Il précise encore, au risque de la redondance, que « le marché naturel des ouvrages canadiens, c'est le Canada » et que, par conséquent, il ne faut pas compter sur le lectorat français : « La publication en Europe, à Paris, où les Parisiens ne s'intéressent qu'à ce qui est français ou a été traduit, à Londres, à Amsterdam ou à Moscou, n'est qu'un accident susceptible d'arriver à la veille d'une guerre ou dans les premiers mois qui succèdent à une victoire des Alliés. Ne nous faisons pas d'illusions. Le Français, sauf quelques grandes et généreuses exceptions, est un homme qui ne connaît pas les étrangers. » Les choses ont-elles vraiment changé depuis ? Le constat de Charbonneau me renvoie à l'engouement très passager des lecteurs français pour la littérature québécoise au moment où elle était l'invitée d'honneur au Salon du livre de Paris, en 2001. Là encore, ne s'agissait-il pas d'un « accident », d'un effet de mode ?

La question de la réception des œuvres avait déjà été soulevée, en conférence inaugurale, par Dominique Noguez, pour qui la littérature québécoise est une littérature « quasi française ». Selon lui, l'écrivain québécois qui veut se faire connaître en France doit accepter de mener une double carrière et de s'identifier à un double « je », Québécois au Québec et Français en France. Pareille stratégie, aussi efficace soit-elle, n'est-elle pas une façon d'acquiescer à une situation jouée d'avance ? Quoi qu'il en soit, en dehors de la librairie du Québec, le livre québécois reste introuvable sur la place de Paris. Même les auteurs publiés dans les maisons d'édition françaises, s'ils ne sont pas accompagnés d'un support médiatique, sont à peu près inexistants. Mais le nombre d'intervenants au colloque prouve éloquemment que cette littérature circule dans les réseaux universitaires européens, où elle figure parmi les champs de recherche privilégiés. Ce qui n'est pas rien.

La communication sur Charbonneau me ramène à un texte de Marcel Raymond publié en 1947, la même année que *La France et nous*, et intitulé *Un Canadien à Paris*, ouvrage que j'ai pris la peine d'inclure dans mes bagages. Sa conclusion me paraît encore d'actualité : « Au fond l'amitié franco-canadienne est peut-être basée sur des malentendus. Ils n'aiment chez nous qu'un prétexte à sentimentalité. Nous les croyons tels que leur littérature, leur culture nous les présentent. Ils nous placent très loin dans l'espace ; nous les figeons loin dans le temps. Nous croyons à une politesse française qui n'est qu'un concept et, une fois débarqués en France, nous gueulons dès le premier pourboire un peu grossièrement demandé ! » Entre le respect admiratif d'un Crémazie, au milieu du XIXe siècle, et le parcours épique d'Édouard, le personnage de Tremblay, à travers le « fabuleux trésor folklorique » que symbolise pour lui Paris, toute une gamme d'attitudes sont repérables, qui montrent bien l'importance accordée par les écrivains québécois à la référence française. Avouons cependant, sans risque d'erreur, que depuis les années quarante un certain discours de célébration n'est plus possible.

Cela dit, peut-on vraiment échapper au palimpseste formé par les représentations antérieures d'un lieu et aux attentes que celles-ci génèrent ?

Intérieur nuit

Devant l'écran. On projette le film *Danse avec les loups.* J'ai du mal à comprendre l'engouement des Européens pour ce film. Ou je le comprends trop bien, hélas. De somptueux décors, des acteurs sympathiques servant à souhait une certaine image de la vie primitive. Les bons Sioux contre les méchants Américains. Un homme devient transfuge, s'identifie aux Amérindiens, s'éprend d'une jeune femme élevée par eux mais d'origine blanche. L'arrivée de l'armée américaine les obligera à s'enfuir. Personnages caricaturés et sans nuances.

À la limite du supportable. Toujours le mythe du bon sauvage, comme au XVIIIe siècle.

Extérieur jour

Le Buci. Dix-sept heures. Par le plus grand hasard, je rencontre un artiste-peintre dont j'avais fait la connaissance il y a quelques années, à l'occasion d'une exposition dans une galerie quai de Conti. Jean-Claude Salomon revient d'un exercice d'atelier à Montparnasse, où il se rend une fois par semaine pour travailler à partir d'un modèle vivant. Il me montre son cahier de croquis : des esquisses qui reproduisent en quelques traits le mouvement des corps. Cela me rappelle certains dessins de Matisse. Le peintre me parle de la difficulté du métier. « On n'en a que pour les peintres morts, déclare-t-il. Les galeristes organisent une exposition pour un artiste puis ne s'en occupent plus. J'ai pourtant toujours peint, ajoute-t-il. Je ne sais pas faire autre chose. »

La conversation porte ensuite sur Riopelle, sur la notion d'abstraction qu'il disait ne pas exister. Il y a toujours au départ une figuration, insistait-il en ajoutant que le mot abstrait veut dire « venir de ». Riopelle avait réussi à se faire connaître à Paris dans les années cinquante. Les Français achetaient encore de la peinture à cette époque, commente Salomon. Maintenant on n'en a que pour la bouffe et les vacances.

Intérieur nuit

Sur le dépliant que le peintre m'a donné, un texte reprend la présentation d'une exposition antérieure : « Partant a priori d'une tache très forte, bleu foncé, rouge, jaune ou même noire, il peint dans une transe rapide une femme nue, un bouquet, plus rarement un paysage, trop complexe pour un "instantané". Pris par le temps, il dispose ses tons à côté de son sujet, comme une note au bas d'une page d'écriture, technique autrefois chère à Raoul Dufy. » (Pierre Larock) Une très grande force émane de ces taches encadrant à la manière d'enluminures un sujet représenté à larges coups de pinceaux.

« Je ne sais pas faire autre chose », dit le peintre. La phrase me laisse songeuse. Peut-être est-ce là le vrai sens du mot « vocation ».

Extérieur jour

Exposition Vuillard, au Grand Palais, en compagnie d'une collègue de Leeds, en

Angleterre, spécialiste de théâtre québécois, et d'une autre de Madrid, celle-là même qui avait fait la recherche sur la réception comparée des littératures migrantes. Par la diversité de ses styles, de ses techniques, Vuillard résume dans son œuvre l'histoire de la peinture moderne. Dans un premier temps, il s'associe au groupe post-impressionniste dit des Nabis, dont font partie Maurice Denis et Félix Vallotton, et se laisse séduire par des couleurs pures et fortement contrastées. Son autoportrait à la canne et au canotier (vers 1891) le rendit célèbre par l'audace de ses formes distribuées en surfaces géométriques, où la dominante du jaune donne à l'ensemble une intensité analogue à celle que l'on retrouve dans les toiles de Van Gogh.

L'artiste pratiquera toujours l'art des portraits, ce qui lui vaudra des commandes prestigieuses. Il sera aussi amené à créer des décors de théâtre, à peindre des scènes d'intérieur en s'intéressant tout spécialement aux tapisseries, aux tissus, aux tapis, ou à reproduire des extérieurs tel un photographe dont toute l'habileté consisterait à arrêter le mouvement tout en décomposant la couleur. La série des jardins publics montre des enfants occupés à jouer au ballon sous le regard complice des adultes. Ainsi se distribue l'émotion en autant de touches discrètes, à peine accentuées. On remarque également chez le peintre des toiles plus abstraites, annonçant le cubisme, ou surréalistes avant l'heure, façon Magritte. Témoin de son temps, il en est aussi le précurseur, comme s'il avait voulu lancer des pistes que d'autres se chargeraient ensuite d'exploiter plus à fond.

Vuillard théâtralise la lumière de mille et une façons dans des tableaux qui en explorent le versant parfois spectaculaire, parfois intimiste, chargé d'humanité contenue. S'il y avait une façon de caractériser sa manière, je dirais qu'elle repose sur une attention égale aux objets et aux êtres, aux motifs et à leurs reflets.

Extérieur nuit

Café de Flore. Cérémonie de remise du prix qui porte le nom du café, le prix du Flore. Le tout-Paris littéraire s'y est donné rendez-vous ! Du monde. Beaucoup de monde. On se bouscule à la porte. Le carton d'invitation est de rigueur. Des gens sont refusés. On se bouscule aussi à l'intérieur. Sur une estrade de fortune, le président du jury, Frédéric Beigbeder, annonce le nom du gagnant : Pierre Mérot pour *Mammifères.* Il ajoute que c'est un concours pourri comme d'habitude, puisqu'il est aussi lui-même l'éditeur du livre chez Flammarion. Vives protestations de la part des membres du jury : le président n'a pas voté. Philippe Sollers s'approche du lauréat, l'embrasse, puis se met à causer avec Josyane Savigneau, du *Monde*. Ils sortent tous les deux après quelques minutes. Leur présence, même brève, aura suffi à donner à l'événement un éclat particulier. Restent les autres, nombreux, s'efforçant de serrer des mains à gauche et à droite, sans trop accaparer leurs interlocuteurs qui doivent eux aussi, mondanités obligent, serrer des mains à gauche et à droite. On tourne – ou on fait semblant – de tourner sur place.

Je rentre en empruntant la rue Saint-Benoît, où habitait Duras, puis plus loin la rue de Buci jusqu'à la rue Saint-André-des-Arts et la rue des Grands-Augustins, célèbre par son numéro 7, où Balzac situe *Le chef-d'œuvre inconnu* et où Picasso, près d'un siècle plus tard, peignit *Guernica*. À Paris, chaque immeuble a le souvenir plus ou moins secret, plus ou moins affiché des écrivains et artistes qui l'ont habité. Et les pierres de servir de témoins à ceux qui tentent, au présent, de faire exister la vie dans les mots.

NOVEMBRE

Extérieur jour

L'Arbucci. Des Américains commandent en anglais un whisky et une demi-bouteille de muscadet. Je traduis pour la serveuse, qui me remercie. Plus loin, un couple de Québécois accompagné d'une adolescente parle très fort. C'est une joke, dit cette dernière au détour d'une phrase. Deux jeunes gens se racontent leurs déboires amoureux. Je lui offrais des sacs Gucci, dit l'un, et elle m'offrait des cadeaux à dix euros. J'ai compris qu'elle ne voulait pas investir dans notre relation.

Noté encore. L'animation des rues. L'ambiance d'été. Le vent qui ébouriffe. Les vêtements achetés à la va-vite, sans trop s'en rendre compte. En flânant. Paris est la ville de tous les hasards. Même lorsqu'il ne se passe rien, on croit que quelque chose peut arriver. Cela aide à supporter les repas en solitaire et l'indispensable ballon de rouge qui leur tient lieu de compagnie.

La saison des prix bat son plein. Comme d'habitude, le cercle des primés paraît bien étroit. Un article du journal *Libération* consacré au Goncourt fait remarquer que, cette année encore, le résultat est sans surprise. *La maîtresse de Brecht* de Jacques-Pierre Amette, le livre primé, était un livre goncourable, c'est-à-dire un ouvrage qu'un directeur littéraire définit comme « roman sans défi à la langue, qui n'effraie pas un large public ». Cet ouvrage avait en outre l'insigne avantage d'être publié par Albin Michel, l'une des maisons d'édition qui, avec Gallimard, Grasset et le Seuil (Galligrasseuil), fait partie du cartel gagnant. Le directeur d'une petite maison d'édition avoue pour sa part que n'étant ni du sérail, ni parisien, il n'a aucune chance au sein de cette « organisation opaque et mystérieuse ». Et l'article de conclure que le système des prix littéraires fait partie de « l'exception culturelle française ».

Intérieur nuit

Devant l'écran. Nouvel attentat contre l'armée américaine en Irak. Problème de dépression chez les troupes. Madame Bush mère lance ses mémoires. Inauguration du quai François-Mitterand, rive droite. L'Halloween, célébré en France pour la troisième fois, aurait été moins populaire cette année. Seuls les enfants, parmi les gens interrogés, disent aimer cette fête à cause des déguisements qu'elle autorise.

Extérieur jour

Piscine des Halles. Midi. Luxueuse et calme. Longs couloirs où l'on peut nager en paix. Impression de légèreté.

Courte visite à la FNAC du Forum des Halles, histoire de vérifier si quelques livres québécois s'y trouvent. Je ne vois sur les rayons du « roman français » que deux titres : *Le temps des Galarneau* de Godbout et *Un habit de lumière* d'Anne Hébert, tous deux publiés au Seuil. Dans la section Livre de poche, Amélie Nothomb semble chercher un ouvrage qui ne s'y trouve pas. Ses propres romans sont bien en évidence sur les présentoirs.

Place de la Sorbonne, un ensemble de musique à cordes se produit, passant du *Canon* de Pachelbel à un extrait de *Carmen.* Une dizaine de musiciens, parmi lesquels surtout des femmes. Je m'arrête afin de profiter le plus longtemps possible de l'atmosphère irréelle créée par ce concert classique en pleine rue. Quelqu'un offre des disques. J'en achète un. Le groupe ne se produit que dans des lieux publics, m'apprend la jeune vendeuse.

Le séminaire que je donne à Paris III attire une douzaine d'étudiants. Leur curiosité pour la littérature québécoise est inversement proportionnelle à leur manque d'information. Ma responsabilité est grande de leur servir de guide dans cette découverte.

On ne connaît ici de la culture québécoise que ce qui apparaît sur la scène médiatique. C'est-à-dire en tout premier lieu les chanteurs, Céline Dion, Isabelle Boulay, Garou et Robert Charlebois. Aucun nom d'auteur dramatique, de poète ou de romancier ne vient aux lèvres des étudiants quand je les questionne. Ni les programmes de lycée ni les cours de licence n'intègrent un enseignement de la francophonie. Il faut attendre le deuxième cycle pour qu'une place, toute relative, soit faite à cet enseignement. Ce qui vaut pour le Québec vaut aussi pour les autres littératures de langue française, à la différence près que plusieurs auteurs maghrébins, africains et antillais étant publiés en France, leurs noms semblent davantage familiers aux étudiants.

En ce qui concerne la littérature québécoise, le fait d'avoir été ou non édité à Paris change toutefois peu à la situation. Gaston Miron ? Michel Tremblay ? Anne Hébert ? Ces syllabes n'éveillent aucun écho chez les étudiants parisiens que je rencontre. Après quelques hésitations, un jeune homme d'origine italienne mentionne le nom de Jacques Poulin. Me voilà toute ragaillardie.

Intérieur nuit

Lecture de *Mammifères*. La quatrième de couverture présente l'auteur ainsi : « Pierre Mérot est né à Paris il y a une quarantaine d'années. *Mammifères* raconte la vie d'un type né à Paris il y a une quarantaine d'années. » On ne saurait souligner de façon plus précise la perspective autofictionnelle du récit. Mais on y chercherait en vain un « je » complaisant ou nostalgique. Le roman oscille entre deux points de vue : celui d'un *il* impersonnel mettant en scène le personnage principal, surnommé « l'oncle », et celui d'un *vous* ambigu, à la fois substitut du *je* et interpellation du lecteur. À travers ces filtres se constitue l'histoire d'une personnalité, ou plutôt de ses ratages successifs, les plus spectaculaires étant ceux qu'il désigne sous le nom de « suicides affectifs ». Histoire d'un anti-héros sympathique, capable d'ironiser sur ses propres manques, sur son alcoolisme récurrent et sur la société en général, dont la famille est l'illustration la plus exacte ou, si on l'en croit, la plus aberrante. Dommage que la fin, trop appuyée, marque une rupture de ton avec les premiers chapitres et finisse par lasser. Persiflage élégant et vision très parisienne, sur fond de détresse et de désenchantement.

Extérieur jour

Rue du Jardinet. Un coin de campagne au cœur de Paris. Allées non symétriques, arbres à profusion. Tranquillité assurée. L'endroit donne sur la cour de Rohan, qui à son tour débouche sur un autre passage, où l'on trouvait il y a quelques années un salon de thé. Il m'est arrivé d'y inviter Anne Hébert. Elle y venait avec cette allure un peu timide qui ne la quittait jamais. De quoi parlions-nous ? Du dernier livre qu'elle venait alors de publier, *L'enfant chargé de songes,* qui reprenait jusqu'à un certain point le motif du *Torrent.* Elle craignait qu'il n'y ait quelque faiblesse dans ces reprises. J'avais tenté de la rassurer en lui citant l'opinion voulant que toute grande œuvre soit le déploiement, et la répétition, de quelques images fondamentales. Mais Anne Hébert savait exactement ce qu'elle faisait et n'avait nul besoin d'être rassurée.

J'ai toujours été fascinée par la simplicité de cette femme dont la grâce aérienne pouvait laisser croire à une certaine froideur. Mais il suffisait d'ouvrir l'un de ses livres pour se convaincre du contraire. Il suffisait aussi de parler avec elle, de l'entendre raconter les menues anecdotes de sa vie pour comprendre à quel point elle était dénuée de toute prétention. La modestie d'Anne Hébert s'accommodait fort bien de la rigueur avec laquelle elle poursuivait son œuvre. Pour celles qui écrivent au Québec aujourd'hui, cette femme fait figure de modèle. Dans mon esprit, elle fera toujours partie du paysage parisien.

Exposition « Aux origines de l'abstraction », au musée d'Orsay. Présentation de recherches picturales inspirées de la physique visant à décomposer la lumière et à rendre toutes les couleurs du prisme, de façon à condenser sur une même surface la pulsation du monde. Je remarque tout particulièrement les toiles de Sonia et de Robert Delaunay. Également *La cathédrale engloutie* de Monet. Le temps semble se dissoudre dans cet envahissement lumineux.

Intérieur nuit

Petite musique de chambre, avec accompagnement de Jacques-Pierre Amette, le dernier Goncourt. *La maîtresse de Brecht* est une évocation du Berlin-Est de l'après-guerre, avec ses intrigues et ses mesquineries. Portrait du célèbre auteur dramatique en amoureux impénitent, plus soucieux de l'avenir de son théâtre que du bien-être de ses conquêtes féminines. La maîtresse en question, une Autrichienne utilisée comme agent de renseignements par le parti communiste, finira par passer à l'ouest sans jamais revoir son amant ni sa famille. Cette biographie romancée se lit facilement, emportant son lecteur dans le plaisir trouble de l'indiscrétion.

Extérieur jour

Il y a des jours où tout semble s'être donné le mot pour vous convaincre que la vie est une chose pleine de rondeur et de légèreté. L'eau chaude arrive plus vite que d'habitude dans le robinet du lavabo de la salle de bains, la serrure de la porte fonctionne à merveille, le facteur vous livre la lettre attendue depuis longtemps, la radio vous transmet votre musique préférée. Dehors il fait un soleil radieux. Vous avez la curieuse impression d'être à la place qui vous a été désignée, à ce moment précis et dans cet endroit particulier de la planète qui s'appelle Paris, un jour de novembre. L'impression encore que tout ce que vous entreprendrez dans les prochaines heures vous réussira, qu'il ne saurait en être autrement.

Mais voilà que, téméraire, vous vous acheminez vers la poste. La file n'est pas longue, ce qui vous incite à y prendre place. Vous constatez alors, mais trop tard, que la femme qui est devant vous tente d'expédier des paquets aux quatre coins de la Terre sans en payer les frais. Ce qui aussitôt provoque l'arrêt des opérations. La postière va chercher le sous-chef. Le sous-chef va chercher son chef. Et ainsi de suite au grand scandale d'Hubert, le caniche blanc qui vous suit et qui ne cesse de converser avec sa maîtresse. « Voyons, Hubert, calme-toi, dit celle-ci. Nous irons bientôt nous promener, mon chéri. Là, là. Cesse de bouger. Tiens-toi droit. » Rien n'y fait. Hubert manifeste très haut son mécontentement. Lorsque votre tour arrive enfin, vous en oubliez d'acheter les timbres de collection pour lesquels vous étiez venue et vous vous contentez du carnet banal que vous auriez pu vous procurer tout aussi bien dans la machine distributrice de l'entrée. La légèreté vous a quittée, la rondeur a cédé la place aux aspérités d'un quotidien sans gloire.

Le voyage vous expose à cette extrême vulnérabilité. Ni tout à fait ici, ni tout à fait ailleurs, vous vivez dans cet entre-deux qui vous rend perméable aux moindres sollicitations du dehors.

Intérieur nuit

Lecture de *Les âmes grises*, de Philippe Claudel. Prix Renaudot. Un policier fait une enquête sur différents meurtres accomplis dans sa région durant la Première Guerre mondiale et dont les vrais coupables sont restés impunis. Entre chacun de ces crimes se tissent de curieux liens. Plongée dans les profondeurs de l'humain, dans ces âmes dont on dit qu'elles ne sont ni blanches ni noires mais grises, c'est-à-dire striées de zones d'ombre et de lumière. On est tous coupables, semble dire le romancier, dans une prose attachée à décrire par le menu les éléments de la vie de province, ses conventions, ses tabous et surtout l'attrait qu'exerce sur les uns et les autres la venue d'une figure étrangère. Troublante évocation qui laisse à penser que, cette fois encore, le jury du Renaudot ne s'est pas trompé en primant l'écrivain.

Extérieur jour

Colloque sur la romancière et cinéaste Assia Djebar à la Maison des écrivains, rue de Verneuil. Texte émouvant de Pierre Michon retraçant chez l'écrivaine ce qu'il nomme les mouvements vers la liberté. Émue aux larmes, Assia Djebar doit sortir quelques instants. Lorsqu'elle revient, elle se demande à voix haute : « Pourquoi continuer à écrire si je sais que je ne retournerai jamais là-bas ? » Et pourtant elle écrit, poursuivant de livre en livre une quête toujours recommencée. Son œuvre est une architecture de l'errance, ou plutôt une architexture faite d'enchâssements et de jeux de miroirs qui rappelle ce « signifiant flottant » que l'on donne comme représentatif de l'art baroque. Il y a chez Djebar un engendrement continu de « formes qui s'envolent », ainsi qu'elle le précise elle-même dans l'un de ses romans.

L'auteure assiste à chacune des séances, commente les exposés, les complète. Présence chaleureuse et intimidante à la fois. À certains moments, elle prend la parole avec véhémence pour rétablir des faits. À propos de cette femme, par exemple, célébrée à titre d'héroïne de la libération et qui n'est pas morte au combat, comme on l'a dit, mais qui a été exécutée par les maquisards pour cause de conduite sexuelle jugée scandaleuse. Les maquisards, ajoute-t-elle, ont appris à faire la guerre mais ne savaient pas se conduire avec les femmes. Plusieurs d'entre elles ont été violées et maltraitées par leurs camarades de combat. Mais cela, même les historiens les plus crédibles ont préféré le taire.

Très digne, imperturbable dans sa position d'écouteuse, la mère de la romancière honore de sa présence chacune des journées du colloque. Atmosphère familiale. L'écrivain marocain Abdelkébir Khatibi intervient brièvement, puis assiste, distraitement, me semble-t-il, à quelques séances. Je cause longuement avec une jeune femme auteure de nouvelles, Maïssa Bey, qui vit à Alger. Nous échangeons nos adresses.

Intérieur nuit

Longue et belle lettre de Marthe, la compagne de Roland Giguère. Elle me parle des difficultés qu'elle éprouve avec des projets d'exposition. Les galeristes promettent de l'appeler « la semaine prochaine »... Elle doit aussi subir quelques mesquineries, ce à quoi la vie avec Roland ne l'avait pas habituée. Je la sens décidée à affronter la lourde responsabilité d'assurer la suite, mais aussi extrêmement fragilisée par la mort de son compagnon. Je perçois chez elle un mélange de douleur et de colère. Giguère a voulu choisir le moment de son départ. Certains appellent cela du courage, d'autres de la lâcheté. Quoi qu'il en soit des motivations personnelles qui ont pu mener à une telle décision, il est difficile, pour ceux qui restent, de ne pas considérer cet acte comme un abandon.

Extérieur jour

Brasserie Odéon. Les paroles m'arrivent en phrases détachables. *Outside finished. Inside only.* Ainsi parle le garçon, indiquant aux clients que le service à la terrasse est terminé. Il est neuf heures du soir. Le chef vous recommande son pavé au poivre. *Pepper steak,* lance-t-il à la cantonade. Arrivent une quinzaine de congressistes portant étiquette et parlant anglais. À ma droite, des jeunes aux cheveux courts commandent des îles flottantes. Devant moi, à une table pour deux, le long du couloir, des amoureux ou qui paraissent tels. La jeune fille garde les yeux baissés vers le menu. Le jeune homme l'interroge : « Tu m'écoutes ? » Elle semble distante.

Un couple vient prendre place autour d'une table devant la porte. Ils commandent aussitôt leur repas. Elle se lève et se dirige vers les toilettes. Pendant ce temps, lui s'installe sur la banquette à côté de sa place à elle. C'est à cause du courant d'air, dit-il. Le garçon n'est pas content. Une grosse femme blonde passe et va vers l'arrière. Arrivent trois élégantes jeunes filles. Le maître d'hôtel leur indique une table avec empressement. Le garçon prend leur commande. Elles ont les cheveux très noirs et longs. « Vous êtes Italiennes ? » demande le maître d'hôtel. « Non, mais elles prennent des pâtes », dit le garçon. « Américaines ? De Los Angeles ? I was there *ouence* », précise le maître d'hôtel en insistant sur le dernier mot.

Les jeunes filles causent avec assurance. Elles expliquent pourquoi elles sont là. Les voix sont fermes, bien posées. Elles ne semblent pas percevoir la drague.

Une femme rousse très grande, très droite, avec des seins haut perchés et volumineux malgré la taille fine, s'installe près de moi. Elle choisit une salade, puis allume une cigarette et croit bon de vérifier : « Est-ce que la fumée vous dérange ? » À peine décèle-t-on un léger accent allemand dans un français impeccable. « Vous êtes platonicien, non ? » demande une autre dame à son vis-à-vis. Quelqu'un émerge du sous-sol où se trouvent les téléphones et les toilettes. Il s'assied en face de sa compagne et la regarde : *A penny for your thoughts ?* Dans la ruelle d'à côté, un groupe de jazz fait de la musique.

Intérieur nuit

Terminé la correction des épreuves de *La fabrique de la langue*, qui sortira en février. Une bouffée d'angoisse me vient. On parle des *baby blues* qui suivent de peu un accouchement. Sans doute faudrait-il inventer le terme de *book blues* pour parler de ce curieux sentiment d'abandon qui s'empare de nous lorsqu'on se sépare d'un manuscrit sur lequel on a travaillé durant plusieurs mois. Impression d'être dépossédée de quelque chose. De quelqu'un. À la différence de l'enfant qui nous accapare entièrement, le livre publié n'a plus besoin de son géniteur, l'ignore, vit son propre destin. Dès l'instant de sa naissance, l'enfant devient indispensable, comme s'il eût été impossible qu'il n'ait pas existé, comme si sa naissance avait été programmée depuis toujours, dans une absolue nécessité. Le livre, lui, n'est jamais ni vraiment achevé ni vraiment irremplaçable. Tout au plus constitue-t-il un moment privilégié, un point de vue partial et partiel sur les êtres et les choses. Édition non définitive, inscrivait Miron à chacune des réimpressions de son recueil.

Le livre est une bouteille à la mer lancée dans un monde saturé d'informations. Mais l'hypothèse d'un lecteur possible n'est-elle pas déjà suffisante pour en justifier l'existence et la légitimer ?

Extérieur jour

On ravale la façade de l'immeuble dans lequel j'habite. Les ouvriers causent sans arrêt, se racontent des anecdotes, parlent de la jeune fille d'en face, du film regardé la veille. À tout moment, un juron se fait entendre : « Putain de pomme de terre. »

Je dois ouvrir ma fenêtre pour permettre l'installation d'une feuille de zinc sous la corniche. Le couvreur me dit qu'il aurait aimé aller vivre au Canada, au Québec particulièrement. « Y a-t-il de l'emploi là-bas ? » demande-t-il. « Cela dépend », dis-je prudemment. Le travail terminé, je n'arrive pas à refermer la fenêtre. « Elle est difficile comme une femme », commente le couvreur. « Comme ma femme. C'est pour cela que je l'ai quittée. » Mais il enchaîne aussitôt en riant : « Ce n'est pas vrai, je suis célibataire. »

Ici on aime travailler en blaguant. Ce qui n'enlève rien à la qualité de l'ouvrage accompli. J'admire la précision des gestes, la compétence avec laquelle les différents corps de métiers, dont les membres se désignent toujours sous le nom de compagnons, exécutent leurs travaux.

Intérieur nuit

Love Actually, film avec Hugh Grant et Emma Thompson. Histoire d'un premier ministre célibataire qui tombe amoureux d'une jeune employée de bureau. Clins d'œil à Tony Blair et à Bill Clinton. Quatre intrigues en parallèle, un peu à la manière de Robert Altman dans *Short Cuts*. Portraits d'enfants-rois, de célibataires plus ou moins consentants, de chanteurs sur le retour en mal de célébrité. Certaines séquences rappellent les romans de Virginia Woolf ou les nouvelles de Katherine Mansfield. Divertissement agréable, doublé d'un regard sans complaisance sur la société contemporaine, celle-là même qui a fait de la politique un spectacle.

Même atmosphère de joyeuse ironie dans *Pas sur la bouche*, d'Alain Resnais, inspiré d'une opérette des années trente. Un Américain est attendu pour signer un contrat important avec un homme d'affaires de Paris. Or la femme de ce dernier a déjà été mariée une première fois avec nul autre que l'Américain en question. Mariage tenu secret depuis lors. D'où une incroyable série de quiproquos qui donnent le rythme à cette comédie de boulevard. Le ton est au libertinage, à la caricature d'une bourgeoisie férue d'art et de culture, avec accompagnement de petits fours et de paillettes. Un certain esprit français porté par des acteurs au sommet de leur forme. Il m'est impossible de ne pas songer toutefois que ce retour aux années trente, à son insouciance et à ses drames mondains a quelque chose d'inquiétant dans le contexte international de l'heure.

Extérieur jour

Dernier bastion de l'arrogance parisienne : le salon de coiffure. Vous aviez pris rendez-vous la veille pour quatorze heures. « Un simple brushing », aviez-vous précisé. Vous étiez arrivée à l'heure exacte. On avait pris votre manteau et on vous avait priée de vous asseoir, en vous offrant des magazines. Une heure plus tard, quelqu'un – vous aviez supposé qu'il s'agissait de votre coiffeur – s'était approché de vous pour vous proposer des mèches, une coupe. Vous aviez refusé avec énergie. On vous avait fait ensuite un shampoing en vous imposant une crème pour assouplir vos cheveux. Cette fois, vous n'aviez osé refuser. On vous avait alors dirigé vers la chaise voisine de celle où votre coiffeur venait tout juste de commencer une savante mise en plis. Vous aviez demandé timidement s'il était possible que quelqu'un d'autre s'occupe de vous. On vous avait répondu que non. Vous aviez donc attendu patiemment la suite. Deux heures plus tard, vous vous retrouviez avec une tête qui ne ressemblait pas à la vôtre et avec une facture qui était exactement le double du prix annoncé. Lorsque vous aviez mentionné qu'à Montréal, on n'attendait jamais aussi longtemps dans les salons de coiffure, on vous avait répliqué non sans condescendance que cela se passait ainsi à Paris… il y a vingt ans !

Intérieur jour

De ma fenêtre, je surplombe les toits, suite de plans inclinés aux diverses tonalités de gris que la pluie transforme en miroirs sans tain. Harmonie en demi-teintes dont seuls les plus grands coloristes, comme un Nicolas de Staël, ont réussi à rendre l'intensité. Les toits de Paris ont quelque chose de calme et de mesuré qui peut laisser croire à un monde savamment ordonné, où chacun occupe la place qui lui est assignée, une place semblable à toutes les autres et pourtant différente par quelque touche subtile, à peine visible à l'œil nu. L'équilibre y fait bon ménage avec la sobriété des surfaces ainsi entrecroisées. Au dernier étage d'un immeuble, un îlot de verdure formé d'arbustes et de fleurs s'offre au regard tel un gage de civilité urbaine. Des antennes de télévision poussent ici et là, filiformes, dont la partie supérieure ressemble à d'une libellule. Des cheminées cylindriques, coiffées d'un chapeau à la chinoise, laissent échapper des fumées qui disparaissent aussitôt dans l'air du matin. Les pigeons volent de l'une à l'autre, se regardent, se font les yeux doux et descendent ensuite vers des abris plus sûrs. Parfois l'un d'eux s'aventure à en explorer l'intérieur et revient quelque peu étourdi de son escapade. Certaines cheminées plus anciennes, de couleur ocre, font penser à des pots de fleurs renversés qu'un coup de vent plus agressif pourrait faire basculer sur la tête des passants. Un vasistas s'ouvre sur un visage ensommeillé qu'un rayon de soleil anime d'un bref éclat. Une tête apparaît hors d'une lucarne, suivie d'un buste à demi dénudé. Plus loin une mansarde domine la scène de sa présence faussement modeste.

Paris s'éveille aux gloussements des pigeons. Leurs murmures sont bientôt couverts par le bruit des éboueurs. Une nouvelle journée commence. Une journée comme une autre, avec son cortège d'imprévues, de joies minuscules et de petites contrariétés sans importance.

Extérieur jour

Le Buci. Une jeune fille avec un chapeau à large bord, un homme poussant un landau, une vieille femme courbée sur sa canne tirant un sac à provisions sur roulettes. Des Américains commandent des hamburgers avec œuf à cheval et frites. Un couple discute d'un scénario de film.

J'aperçois ce qui ressemble à la silhouette de Miron, son dos légèrement voûté, sa carrure un peu forte et sa démarche énergique. Difficile de ne pas songer à lui dans ce quartier qu'il a si longtemps fréquenté. Parisien, il l'était dans l'âme, trouvant dans cette ville ce qui constituait ses principaux centres d'intérêt : la langue française, la littérature et la bonne chère. Il fallait le voir prendre plaisir à faire visiter certains lieux aux Québécois de passage qui n'en revenaient pas de trouver sur leur route un guide aussi sûr et aussi attentionné. Conférencier recherché, convive à la parole généreuse et musicien à ses heures, il s'évertuait à expliquer le Québec à ses amis français. On découvrait ainsi un Miron joyeux, se moquant parfois de lui-même et de son mal-être, interpellant les uns et les autres avec une bonhomie non feinte. « C'est reposant de vivre ici, m'avait-il un jour confié, parce qu'on y parle français. » Il signifiait par là qu'il n'avait plus à se demander, devant chaque mot ou chaque expression utilisée, s'il s'agissait ou non d'un calque de l'anglais. Miron à Paris était un Miron presque heureux.

Il était convaincu que la littérature québécoise était peu connue en France parce que mal diffusée. Il m'avait donc entraînée dans l'aventure que fut la préparation d'une anthologie pour les éditions Seghers. La « commande » venait de Bernard Delvaille, alors directeur littéraire de cette maison. Ce dernier avait fait paraître, en livre de poche, une anthologie de la littérature maghrébine sous la responsabilité d'Albert Memmi. Il avait pris contact avec Miron pour lui proposer de faire un travail analogue. C'est alors que Miron me demanda de me joindre à lui. L'idée de faire connaître en France d'autres auteurs que ceux déjà publiés par les maisons d'édition parisiennes me plaisait et j'avais accepté aussitôt. Le contrat fut signé dans l'enthousiasme. Il serait toujours temps, pensais-je, de repérer les embûches que comportait pareil projet. Cela ne tarda pas. De retour à Montréal, le travail s'organisa lentement. Il fallut d'abord régler la question financière, trouver les subventions qui permettraient à l'écrivain de se consacrer à ce travail. Mais là n'était pas le plus grand handicap. Le véritable problème venait de la difficulté qu'éprouvait Miron à passer de la position d'éditeur à celle d'anthologiste. Il était l'ami de tous les écrivains, et spécialement des poètes. Or il lui fallait choisir, c'est-à-dire éliminer, trancher dans le vif. Nous avions opté pour la diversité, ce qui nous obligeait à représenter les différents genres et les diverses générations. Nous avions aussi opté pour une anthologie de consensus, qui refléterait moins les choix personnels de l'un ou de l'autre que la notoriété dont bénéficiaient déjà les œuvres. Une fois ces principes établis, nous n'avons eu aucun mal à nous entendre sur les noms retenus. Je tiens à le préciser : tous les écrivains présents dans l'ouvrage ont fait l'objet d'un accord entre nous. Ce qui fut douloureux, par contre, ce fut de devoir exclure certains auteurs. Miron se brouilla avec quelques poètes. Même chose de mon côté en ce qui concerne les romanciers.

L'anthologie représenta une lourde tâche, qui me donna l'occasion de connaître un autre Miron que celui des harangues ou des monologues sans fin. Un Miron exigeant, saint Sébastien traversé de mots comme autant de dards s'imprimant dans sa chair. Je n'oublierai pas sa ténacité, son souci de recommencer plusieurs fois le même texte, voire la même phrase, afin de lui donner cette justesse d'expression qu'il appelait de tous ses vœux. Il n'y avait pas de maître en écriture plus rigoureux.

L'ombre de Miron habite toujours Paris. Quelle n'avait pas été ma surprise, lors d'un voyage précédent, de lire un extrait d'un de ses poèmes reproduit dans une bouche de métro. J'ai oublié de quel poème il s'agissait. Peu importe. C'est là un signe éloquent de l'importance que l'on accorde aux écrivains dans cette partie du monde.

Intérieur nuit

Lettre d'Andréanne, huit ans, qui commence ainsi : « Je m'ennuie un peu de toi. J'espère que tu t'amuses bien. J'aime beaucoup les cartes que tu m'envoies et aussi les cadeaux que tu m'as rapportés de ton dernier voyage... »

Quelle réaction sera la sienne lorsqu'elle viendra à Paris pour la première fois ? La ville représente, dans l'imaginaire de plusieurs Québécois, le double inversé de ce que signifient le Québec et le Canada pour les Français. Autant les vieux pays sont toujours perçus par les habitants de l'Amérique dans leur antériorité prestigieuse, autant le « nouveau monde » demeure, aux yeux des Européens, un lieu mythique, porteur des espoirs les plus extravagants. Dans plusieurs films récents, il est question de partir au Canada pour refaire sa vie, devenir autre, ou simplement échapper à certains problèmes. Une femme divorce-t-elle ? Elle se réfugie à Montréal. Un homme a-t-il des ennuis dans son travail ? Il quitte tout et s'envole par Air Canada, une valise sous le bras. Comme dans les contes de fées, on se garde bien de révéler la suite de l'histoire.

L'installation dans une contrée étrangère est toujours un choc, une remise en cause, un arrachement. Marco Micone a bien nommé cette difficulté de la migrance, dont la conséquence la plus insidieuse est que la personne ainsi « déplacée » doit se résoudre à n'être ni tout à fait d'un lieu, ni tout à fait d'un autre. Mais de cette instabilité même naît un rapport au quotidien chaque fois redessiné. La condition du migrant est exemplaire des bouleversements qui, à des degrés divers, affectent chacune de nos vies. De ce point de vue, nous sommes tous des migrants.

Ce qui me gêne dans les représentations touristiques qui ont encore cours en France, c'est leur aspect désespérément cliché. Un magazine offert par la Société nationale des chemins de fer français annonce un séjour au Québec avec comme attraction irrésistible une excursion en traîneaux à chiens. Ainsi se développe une industrie du voyage fondée sur un exotisme aussi spectaculaire que faux. Je n'ai jamais rencontré, pour ma part, un seul Québécois qui ait déjà fait un parcours en traîneau à chiens.

Les stéréotypes ont la vie dure. Ne serait-il pas temps d'enfin tourner la page et de se rendre compte que le Québec a changé depuis le temps de Maria Chapdelaine et qu'une population urbaine a peu à peu remplacé l'univers rural qui a longtemps servi à caractériser ses habitants ? Vivement d'autres films, tels *Les invasions barbares*, dont l'un des effets, et non le moindre, est de remettre les pendules à l'heure et de modifier la perception que les Européens ont du Canada et du Québec. Les grands espaces, les forêts et l'hiver existent toujours, certes, mais on n'y rencontre que très rarement des coureurs des bois et encore moins souvent des Amérindiens avec des flèches dans leurs carquois.

DÉCEMBRE

Extérieur jour

Le Départ. Huit heures du matin. À peine quelques lueurs d'aube percent l'horizon. Le café est rempli de monde. Des musiciens dont le travail vient de se terminer, des fêtards, des voyageurs. Lumière tamisée. Atmosphère de fin de nuit. Des employés sortent le balai et la serpillière. On prie les clients de se déplacer vers la terrasse. De là, j'aperçois le soleil se lever sur les façades du quai des Grands-Augustins. Un soleil hésitant et pâle. C'est décembre et il fait froid. Les gens sont emmitouflés jusqu'au cou. Je dois attendre neuf heures pour me rendre au supermarché. Plaisir de flâner, d'avoir du temps. Aucune échéance immédiate en vue. Rien ne presse. C'est un des avantages du voyage que de nous permettre de voir ainsi passer les heures. Jusqu'à l'ennui.

Intérieur nuit

Mort de l'écrivain Ahmadou Kourouma, l'un des plus grands romanciers d'Afrique, survenue le 11 décembre. Son premier roman, *Les soleils des indépendances*, d'abord refusé par les maisons d'édition parisiennes, avait été publié grâce au prix de la revue *Études françaises*, en 1968, et à l'intervention de Georges-André Vachon, alors directeur de la revue. Le livre, ensuite repris par le Seuil, devint un best-seller. Kourouma garda toujours une grande reconnaissance aux Québécois de l'avoir *fait écrivain*, selon sa propre expression. C'était un géant modeste, aux yeux vifs et aux gestes un peu gauches, dont la présence chaleureuse s'accompagnait d'une parole abondante. Son avant-dernier livre, *Allah n'est pas obligé*..., raconte la triste épopée des enfants-soldats au Nigeria. Dans chacun de ses romans, Kourouma a tenté de trouver une forme qui lui permettait de rendre l'oralité de la culture malinké dans un français irrigué de l'intérieur par la sémantique et les rythmes africains. Il n'hésitait pas à affirmer qu'il faut « casser le français » afin de lui donner un pouvoir d'expression renouvelé. De ce point de vue, il fut l'un des modèles de la francophonie littéraire, renouant ainsi avec une conception héritée du

XVIe siècle et reprise par un Roland Barthes qui donnait à l'écrivain le mandat de « tricher la langue », « tricher avec elle ».

Extérieur jour

Le Danton. Treize heures. Il fait très froid. Un froid sec et lumineux. Comme au Canada, dit-on. Commandé une bavette et des pommes de terre dauphinoises. À côté de moi, un très vieux monsieur qu'on appelle avec respect Monsieur Jacques lit *Le Figaro* en dégustant le menu du jour. Un peu avant quatorze heures, un homme entre qui demande s'il peut prendre simplement un café. On lui répond qu'il est trop tôt. Quelques instants plus tard, un couple s'installe à la table convoitée par la personne qui vient de sortir et réclame une bouteille d'eau minérale. On la lui apporte sans mot dire. Cette fois, on laisse les gens tranquilles. Allez savoir pourquoi. J'ai souvent remarqué cette tendance à accommoder les principes à la tête du client.

Intérieur nuit

Devant l'écran. Star Academy bat son plein. Il ne reste plus qu'une Française, une Marocaine et un Polonais. Les jeux seront bientôt faits... L'engouement pour cette émission dépasse tout ce qui s'est produit jusqu'à présent, incluant *Loft Story*. Et chacun d'avoir son opinion sur l'éventuel gagnant. Même les ministres avouent suivre la chose de près. La téléréalité, ou ce qui est présenté comme tel, est l'une des données avec lesquelles il faut désormais composer. La vie ainsi mise en spectacle devient l'objet d'un montage astucieux, dont personne n'est dupe mais dont le public feint d'ignorer les astuces, trop heureux d'être appelé à donner son avis sur le déroulement des événements.

Aux nouvelles, la belle speakerine a un décolleté plongeant que la caméra laisse tout juste deviner. Le cadrage est-il volontairement pudique ? Les femmes qui passent à la télévision en France ont pris l'habitude de montrer leurs seins. Cols largement ouverts, soutiens-gorge pigeonnants et chemisiers en voile semblent l'accessoire obligé de la féminité, quel que soit le niveau des émissions concernées. J'ai du mal à croire qu'il s'agit là d'une conséquence du mouvement des femmes pour le droit à disposer de leur corps. Pareil dévoilement me semble plutôt une figure imposée de l'apparence et l'acquiescement à une logique commerciale dont le but fort simple est d'augmenter les cotes d'écoute. Je m'étonne de constater que des intellectuelles acceptent de se prêter de bonne grâce à ce nouveau conformisme.

J'imagine la tête qu'auraient les téléspectateurs de Radio-Canada si la lectrice des nouvelles arrivait un jour en montrant sa poitrine. Pudibonderie nord-américaine ? À ne pas confondre avec le tollé qu'a suscité, aux USA, le sein découvert de Mlle Jackson. Les Québécoises qui ont milité depuis plusieurs années pour une reconnaissance de leur statut juridique et professionnel considéreraient comme une régression le fait d'avoir à se servir maintenant de leurs attributs physiques comme d'un appât. Curieux tout de même un écart aussi grand entre les mentalités. Mais qui, en France, des femmes ou des producteurs – le plus souvent masculins –, décide de l'image qu'il convient de projeter sur le petit écran ?

Extérieur jour

Le Danton. Treize heures. Un homme commande un *chicken club.* Deux jeunes couples causent en espagnol avec le serveur. Une femme lit *La semaine à Paris.* Une dame entre, à qui on pose la question rituelle : « Vous êtes toute seule ? » On la coince entre deux tables occupées aussi par des femmes non accompagnées.

Dans les journaux, l'affaire du voile fait les manchettes. Une employée de la mairie de Paris a été suspendue parce qu'elle refusait d'enlever au travail ce bout de tissu. Des lycéennes ne vont plus à l'école. On parle d'une loi qui serait bientôt votée afin d'interdire les signes religieux visibles dans les maisons d'enseignement public. On hésite entre les mots « ostensible » et « ostentatoire ». Des mauvaises langues se demandent s'il faudra aussi mesurer la longueur des croix que les enfants portent autour du cou. Et les caricaturistes de s'en donner à cœur joie !

Intérieur nuit

Des pas d'enfant au-dessus de ma tête. La petite fille ira bientôt au lit. Sa mère lui lira une histoire. Celle de Peau d'Âne peut-être. Ou de Riquet à la houppe. Non, elles sont trop longues. Ce soir, ce sera la petite fille qui voulait être un roi. Une histoire dans laquelle il y a beaucoup de gâteaux et aucune sorcière méchante. La petite fille n'aime pas les histoires trop tristes. Elle est fatiguée. Elle a bien joué toute la journée avec la fille de sa gardienne, qui a le même âge qu'elle. Elle s'endort en serrant son ourson contre son cœur et en songeant à demain.

Extérieur jour

Dans le métro. Un homme entre, s'assied devant moi, de biais. Il retire un carnet noir de son sac à dos, se met à écrire. À certains moments, il lève les yeux dans ma direction. Écrit encore quelque chose. Me regarde de nouveau. Écrit. Étrange impression d'être prise pour objet d'enquête. Malaise indéfinissable. Je ne suis plus dans la position de celle qui regarde mais de celle qui est regardée. Le visage de l'homme ressemble à celui de Philippe Delerm, réputé pour ses tableaux pris sur le vif. Un je ne sais quoi m'empêche pourtant de croire que c'est lui. Sa stature ? Son allure déterminée, frondeuse ? Nous descendons à la même station. Je le suis un moment puis le perds dans la foule.

Intérieur nuit

Par une curieuse coïncidence, j'entends Philippe Delerm à la radio parler de son rapport à l'écriture. Il se dit mélancolique et espère pouvoir arriver à rendre par les mots ce que fait un peintre avec le tableau. Ses textes se situent entre la nouvelle et le poème. Le roman, précise-t-il, ne l'intéresse pas. Il aime Paris sans y séjourner vraiment, ce qui rend son regard d'autant plus aigu. Il se passionne pour les menus détails de la vie courante. Même le ronronnement du frigidaire peut devenir objet de récit. Encore faut-il, pour pouvoir l'entendre, ajoute-t-il, une certaine qualité de silence. Difficile d'être plus minimaliste.

Je viens d'acheter son *Paris l'instant*, courtes proses inspirées des photographies de Martine Delerm, sa compagne, dans lesquelles il rend compte d'impressions nées au contact de l'intimité des lieux. Tel est aussi le projet que je poursuis dans ces pages, avec cette fois la seule complicité des mots devant les images d'une ville et de la foule qui la traverse.

Extérieur jour

Les Deux Magots. Seize heures. À côté de moi, quelqu'un lit la revue *Art Presse*. Une scène de séduction se déroule deux tables plus loin. L'homme est jeune, la femme plus âgée. Ils parlent, discutent, se font des signes entendus. Puis ils se lèvent. C'est elle qui se rend à la caisse régler l'addition.

J'ai déposé près de mon sac des feuillets annonçant mon bouquin que je viens tout juste d'aller chercher chez l'éditeur. En attendant mon café, je griffonne quelques notes dans mon cahier. Soudain, l'homme d'*Art Presse* me demande s'il peut voir les feuillets. Je lui en donne un. La conversation s'engage. Il me demande si j'ai parlé des surréalistes, si je connais ce que Duchamp a écrit sur la langue. Non, je n'ai pas lu. Aussitôt resurgit mon angoisse d'avoir « oublié » quelque texte capital. Peut-être faudra-t-il écrire un autre livre, ajoute-t-il. À bien y penser, je n'avais pas à m'intéresser à Duchamp puisque mon point de vue était celui des écrivains. Serait-il lui-même artiste ? Il me répond qu'il est médecin et psychanalyste. Lacan, alors ? Je dois avouer que je n'en ai pas tenu compte non plus. Je me sens comme une étudiante en train de passer un examen oral. Le professeur est gentil, mais s'applique à me poser des colles. Quelle note me donnera-t-il ? Il quitte le café après m'avoir dit son nom, que je me suis empressée d'oublier.

Une femme avec du sparadrap sur le menton et sur la lèvre supérieure commande une omelette. Un homme raconte ce qui se passe à Buda-Pest, parle de la différence entre Buda, plus commerciale, et Pest, plus littéraire. Il dit qu'il a acheté un appartement en 1999 place des Vosges qui en vaut aujourd'hui le double. « Je vous invite à venir y prendre l'apéritif, dit-il à sa compagne. J'ai des noix et des olives. »

Intérieur nuit

Les travaux de ravalement ne sont pas terminés. Le bruit de la bâche agitée par le vent m'empêche de dormir. Inquiétante compagnie.

J'ouvre la télévision. Un animateur aux pommettes saillantes et aux lèvres gonflées s'entretient avec des vedettes. Lui succède un autre animateur aux joues tirées et à la peau du visage incroyablement lisse. On dirait un masque de théâtre. Lorsqu'il rit, de petites étoiles apparaissent tout autour des yeux. Vient ensuite un troisième visage coiffé d'une chevelure bien fournie, s'avançant légèrement sur le front. Le public est-il vraiment dupe de ces artifices ? Ces gentils animateurs sont généralement accompagnés de jolies co-animatrices à la poitrine bien en vue, chargées de poser les sous-questions. Aux hommes les pommettes et les cheveux. Aux femmes les seins et les bustiers provocants.

La bâche de plastique s'agite toujours. Je crains de ne pouvoir fermer l'œil de la nuit. Avec l'arrivée des ouvriers, le son des outils électriques prendra le relais du vent sur la façade.

Extérieur jour

Au Chai de l'Abbaye. Je commande une lasagne d'aubergines au chèvre frais. Et comme boisson ? s'enquiert le garçon. « Que me conseillez-vous ? – Un petit bordeaux », réplique-t-il sans hésiter. « Vous devriez prendre une carafe. Une carafe pour deux, ce n'est pas trop », précise-t-il en ajoutant aussitôt : « J'en prendrais la moitié. » Les voisins s'amusent. Je souris.

Ce garçon était déjà là lorsque, il y a quelques années, Marie-Claire Blais m'avait fait découvrir le Chai. Les boiseries du plafond, les miroirs abondants, les tables de marbre cerclées de chêne donnent à ce café un cachet particulier. À moins que ce ne soit l'amabilité des serveurs, toujours prêts à blaguer et à dire un bon mot pour s'assurer de la bonne humeur des clients.

En m'apportant le plat choisi, celui-ci précise qu'ils sont les seuls à le faire. Puis, quand il s'aperçoit que j'ai bu la moitié de mon verre, il le remplit de nouveau en prenant soin d'indiquer qu'il s'agit du même vin.

Je revois des images anciennes, alors que, à l'occasion des cours d'été de l'université Laval, nous formions un cercle avec un Torontois et sa femme, les animateurs du théâtre l'Estoc et Marie-Claire Blais. Nous discutions longuement de tout et de rien en nous promenant le long des remparts en compagnie de Charles Moeller, professeur invité originaire de Belgique. Parfois nous nous réunissions dans le modeste appartement de Marie-Claire au Quartier latin, où trônait une machine à écrire impressionnante de sévérité, toujours entourée d'une pile de feuillets.

Passe le directeur de Boréal, Pascal Assathiany, casquette bien enfoncée sur le front, démarche alerte, air affairé.

Suis-je vraiment en voyage ?

À Paris, on n'entend parler que de départs, d'îles, de contrées lointaines. Les vitrines des librairies proposent au grand complet la collection « Voyageurs » chez Payot. Y figurent Bouvier, Ella Maillart, Isabelle Eberhard, ces bourlingueurs de la Suisse. Une littérature s'est ainsi fait connaître par le goût de ses écrivains d'être ailleurs, par leur manière de regarder, par leur curiosité. Au Québec, le sujet a été abordé au cours des années quatre-vingt sous la forme romanesque ou sous la forme de récits-méditations. Les romans du voyage des dernières années ramènent au centre de leurs fictions le personnage de l'écrivain, ce qui est une façon de continuer la tradition du roman de l'écriture et d'affirmer l'une de nos spécificités littéraires.

Peut-on séparer voyage et écriture ? Est-il possible de voyager sans écrire, sans s'écrire ? N'y a-t-il pas dans les deux activités une parenté fondamentale ? Et pourquoi voyage-t-on ? Pour voir du pays ? Pour échapper au quotidien ? Fuir, là-bas, fuir. Au fond de l'inconnu, trouver du nouveau, dit le poète. L'inconnu le plus total, n'est-ce pas soi-même ? Tout voyage n'est-il pas d'abord et avant tout un voyage intérieur ?

Peut-être ne quitte-t-on jamais le lieu de ses commencements. On porte en soi, et malgré soi, une sorte d'architecture préalable, de montage que la vie se charge ensuite de démonter et de remonter. J'aime particulièrement ces vibrations intimes que m'apportent les images de la ville. Paris s'offre à mon regard comme une énigme dont la solution est sans cesse différée.

Des amoureux se bécotent dans un coin. Ils ont un âge certain. J'entends qu'ils parlent de quelqu'un qui n'est pas *tout à fait* leur genre. Lequel des deux, de l'homme ou de la femme, sert ici de point de référence ?

Faut-il voir là une allusion à Swann qui, après plusieurs mois de souffrances, s'était rendu compte qu'il était tombé amoureux d'une dame qui n'était pas son genre ? Quant à eux, ils sont, sans aucun doute possible, « bon genre ». Avec cette assurance que donne une certaine aisance matérielle. L'homme est assis à côté de la femme sur la banquette. Il a posé la main sur sa cuisse. L'y laisse un moment. Puis passe le bras autour de son cou. L'embrasse. L'amour n'a pas d'âge, dit-on. Mais voilà qu'il se met à parler chiffres et rendements. Le bras reste accroché à la barre de cuivre derrière la banquette. La femme pose une question que je n'entends pas. Il répond qu'il changera le mobilier, c'est sûr, mais pas tout de suite. « Il faut attendre, être patient », ajoute-t-il. Elle lui demande ce qu'il fera samedi. « Une conférence d'administrateurs », qu'il ne peut manquer. Ce qu'il fera dimanche. Il restera en famille, à la maison. Qu'elle se rassure, il y aura bientôt un prochain voyage et ils seront de nouveau ensemble. Ils mangent et boivent en silence. Vers la fin du repas, il tente de ramener le bras autour de son cou. Elle le repousse doucement. Alors, en haussant le ton pour bien marquer la solennité du propos, il déclare à qui veut l'entendre : « Je ne bouge plus. Je ne sors plus. Je ne pense qu'à toi. »

« Dans de petits cafés, des femmes et des hommes, sans devoir précis, s'abandonnent », écrit Jean Follain.

Extérieur jour

Même décor qu'hier. Samedi. Les habitués ont cédé la place aux touristes. Une jeune Italienne avec sa mère, un lecteur de *L'Équipe*, le journal des sportifs, une femme et deux enfants, un homme au crâne rasé, un couple de provinciaux, qui expliquent au garçon qu'ils ne sauraient venir à Paris sans faire une halte dans ce lieu. Près du comptoir, deux femmes et un homme causent avec le patron. Un chien pur bâtard se promène nonchalamment entre les tables, quêtant des miettes. On se croirait à une noce de campagne, juste avant que la sœur du marié ne se lance dans son interprétation de *Carmen*, que le beau-père ne s'endorme sur sa chaise, que les enfants n'attaquent le gâteau à coups de fléchettes. Le ton monte peu à peu. Des gens se lèvent. D'autres les remplacent. Et ainsi jusque tard dans la nuit.

L'existence des cafés parisiens est un savant dosage de permanence et d'imprévisibilité. Dans un bistrot situé au beau milieu du Pont-Neuf, un lieu jadis fréquenté par les meilleurs poètes, je demande un jour un café crème et le journal du matin. Le patron prétend n'avoir à m'offrir que *L'Humanité*, journal communiste. Mais voilà qu'il m'apporte *Le Figaro*, connu pour ses positions de droite. S'amusant de mon étonnement, il m'explique que *L'Humanité* ne peut pas être un quotidien, car il n'y a plus que trois communistes en France.

Une connivence secrète lie les écrivains et les cafés depuis la création en 1686 de cette institution légendaire qu'est le Procope, où se réunissaient les auteurs du XVIIe siècle. N'est-ce pas dans un café qu'André Breton et ses disciples élaborèrent les bases du surréalisme ? N'est-ce pas encore aujourd'hui, dans l'un des bistrots du VIe arrondissement que le premier mardi de chaque mois, un groupe d'intellectuels se rencontre autour de la revue *L'Atelier du roman* ? J'ai eu l'occasion d'assister un jour à l'un de ces rendez-vous. En présence d'Arrabal et sous l'ombre tutélaire de Kundera, une dizaine de poètes et de romanciers discutent à bâtons rompus. Certains, plus bavards, ont un répertoire d'anecdotes qui font la joie de leurs interlocuteurs. D'autres se contentent d'écouter en silence, heureux de se trouver dans ce cercle où la passion de la littérature est contagieuse, stimulée par le couple exceptionnel que forment Lakis Proguidis et sa femme. Ce jour-là, nous avions parlé de Rabelais. La réunion s'était terminée tard dans la soirée, après un repas copieux.

Il en est à Paris des cafés comme des quartiers. Chacun a sa tradition, sa culture, diraient les sociologues, ses spécialités et ses rites. Les changements s'y font rares et sont plutôt malvenus. Parfois l'un d'eux installe une terrasse avec des néons chauffants, un autre renonce à offrir des repas à midi, un troisième se transforme en restaurant chic. Ce sont là des exceptions. Les cafés sont parmi les repères les plus stables de la ville, telles les inscriptions qui en jalonnent les parcours.

Balzac affirmait au siècle dernier : « Le comptoir d'un café est le parlement du peuple. » Cette phrase est reproduite chaque semaine dans *L'Officiel des spectacles.*

Il est rassurant de pouvoir mettre ainsi ses pas dans ceux des générations qui nous ont précédés. L'histoire, à Paris, se fait discrète. À la manière de rappels, de clins d'œil, de plaques murales plus ou moins bavardes. Comme pour vous inciter à vous inscrire dans une durée qui vous encadre et vous sollicite. La ville impose ses rythmes, mais aussi et surtout ses nonchalances et ses improvisations.

Peut-être est-ce là tout le charme de ce lieu où l'on sent une sorte d'acquiescement implicite à l'instant, au fugitif, au précaire. Où le poids de l'héritage est si profondément ancré dans la pierre qu'il n'est nul besoin de le revendiquer. Le théâtre du monde se confond ici avec une vaste scène où chacun est à la fois figurant et spectateur de sa propre existence et où arrivent, assourdis par les filtres de l'Histoire, l'écho de tous les ailleurs. Vivre à Paris est comme un destin en soi.

Intérieur nuit

Correction des travaux remis par les étudiants. Je suis étonnée de l'enthousiasme avec lequel ces jeunes gens qui hier encore ignoraient tout de la littérature québécoise abordent nos « classiques ». Le Survenant fait rêver les jeunes filles. Florentine Lacasse émeut par sa candeur. Les *Lettres chinoises* de Ying Chen permettent de comparer le phénomène de la migrance tel qu'il est perçu au Québec et en France. Les sujets de travaux les plus souvent choisis portent sur les œuvres de Godbout et de Ducharme. De ce dernier, on aime surtout le côté ludique, les réflexions à l'emporte-pièce, la manière de citer sans en avoir l'air une partie de la littérature écrite avant lui. Quant à Godbout, il séduit par une ironie dont la tendresse n'est pas absente. Nous avons longuement commenté en classe *Volkswagen Blues* de Poulin, cette épopée à rebours qui retrace le périple des découvreurs français en Amérique. Là encore, je me suis heurtée à une totale méconnaissance des repères historiques. Mais sans doute est-ce un problème plus général encore, qui concerne le rapport à l'Histoire, quelle qu'elle soit.

Au début, il a fallu attaquer de front les préjugés concernant la langue parlée au Québec. Plusieurs étudiants croyaient qu'il s'agissait d'un idiome fort différent du français, donc à peu près incompréhensible pour eux. J'ai dû rectifier, expliquer que les différences se situent au niveau des variantes, et non du système de la langue. La lecture des romans fit le reste, car à aucun moment, même dans le théâtre de Tremblay ou dans ses récits, les particularismes langagiers n'ont fait obstacle au plaisir du texte. J'espère avoir réussi à faire comprendre à ce petit groupe d'étudiants que *langagement* des écrivains québécois passe par l'appropriation d'un français apte à rendre tous les registres de parole, une langue souple et inventive, décomplexée par rapport à la norme hexagonale.

Extérieur jour

Derniers jours de l'exposition *L'atelier de Gauguin à Tahiti*, au Grand Palais. J'ai envie de me réchauffer aux couleurs de sa palette. Une heure de queue avant de pouvoir entrer, dans le froid intense. Seule distraction : un musicien ambulant jouant de la flûte traversière.

Peut-on imaginer Paris sans ces files d'attente plus ou moins compactes ou plus ou moins longues selon les endroits ou les moments de la journée ? File de la poste, du supermarché, du musée : chaque déplacement est une épreuve de patience, une course à obstacles. Je suis arrivée à une heure de l'après-midi et ai pris place dans la queue sans trop me rendre compte de son ampleur. Quinze minutes plus tard, j'étais coincée comme dans un étau, avec la vague satisfaction de n'être pas la seule à souhaiter voir l'exposition et en me répétant, comme dans les pièces de Beckett : « Ça avance. »

On a beau croire que l'on a tout vu, ou presque, de l'œuvre de Gauguin, on ne peut que se laisser séduire par ces vastes toiles et ces sujets aux contours précis. Les manuscrits, surtout, retiennent mon attention. Celui de *Noa noa*, récit de son voyage à Tahiti, celui du *Cahier pour Aline*, dans lequel on lit :

« Notes éparses, sans suite, comme les rêves, comme la vie toute faite de morceaux. » On ne sort pas inchangé de la fréquentation d'un grand peintre, car l'énergie qui se dégage des tableaux a un je ne sais quoi de communicatif et de terriblement vivant. Comment ne pas rester songeur devant les questions que pose la fresque de 1898, l'une des dernières œuvres : « D'où venons-nous ? Que sommes-nous ? Où allons-nous ? »

Dehors le musicien joue toujours devant une foule de plus en plus compacte.

Intérieur nuit

En revenant de l'expo, j'ai cherché en vain une fois de plus, à l'angle de la Samaritaine et du Pont-Neuf, le joueur d'orgue de Barbarie. Comme si certaines scènes étaient définitivement ancrées dans ma mémoire sous l'appellation Paris. Il y a là sans doute le désir de superposer une image plus ancienne à une image présente, de revivre une antériorité révolue et, ce faisant, d'arrêter le temps. Toute l'œuvre de Proust est née de ce projet. Avec ou sans madeleine, avec ou sans joueur d'orgue de Barbarie, Paris continue d'évoquer pour moi un certain nombre de souvenirs. Celui, en particulier, de mes rencontres avec Jacques Poulin.

J'avais pris l'habitude de lui rendre visite à chacun de mes voyages, dans cette ancienne loge de concierge qu'il habitait au cœur du XXe arrondissement. On se serait cru dans une cabine de bateau ou de camping-car, comme on dit en France. À l'intérieur, des panneaux de tissu tendus devant la porte le protégeaient du bruit. L'écrivain travaillait tous les jours, même le dimanche. Il se plaignait de ne plus pouvoir jouer au tennis, à cause de vertiges. Il regardait les matchs à la télévision, debout derrière sa table de travail, le manuscrit devant ses yeux. Il me parlait de Raymond Carver et de John Fante, des écrivains pour lesquels il éprouvait une immense admiration. Aussi d'*Une saison ardente* de Richard Ford, qui raconte la désintégration d'un couple en même temps qu'un incendie de forêt. Il aimait causer du roman qu'il écrivait, des modifications qu'il lui apportait. « J'ai d'abord écrit ce livre à la première personne, m'avait-il un jour confié. Je fais cela souvent. Ensuite je passe à la troisième. J'enlève des phrases. Cela crée une distance. J'écris une page par jour. Quand j'ai écrit la moitié de la page, je m'arrête pour manger. Le soir, je dépasse la page. C'est plus facile de commencer le lendemain ».

Il ajoutait aussi qu'il n'avait pas d'idées, de théories, que des émotions. « Je construis quelque chose à mesure et je comprends à mesure que je fais le livre. Ensuite, je n'ai rien à ajouter. » Poulin se demandait s'il ne devrait pas s'arrêter, s'il n'avait pas assez écrit. Il disait qu'il écrivait toujours un peu le même livre.

Sur le mur, une photographie montrait la librairie Shakespeare and Co., le soir. L'intérieur de la librairie était éclairé. « On dirait que toute la lumière vient des livres », commente le romancier. Jacques Poulin ou l'écrivain exemplaire. Une sorte de phare discret, à l'écart de l'agitation parisienne. Un homme au cœur fragile pour qui la littérature est, plus qu'un art de vivre, une manière de respirer. Je sortais toujours de chez lui avec le sentiment que la ville elle-même avait perdu un peu de son agressivité et de sa froideur. Pour quelque temps, le visage de Paris se confondait avec celui d'un écrivain solitaire et tendre.

La solitude de Poulin m'a toujours émue. C'est celle de l'artiste et du voyageur. Celle qui oblige à interroger le monde avec un regard distancié. Voire à le reconstruire et à le repeupler, comme Robinson dans son île déserte. Si le monde est un texte, selon l'expression consacrée, et si l'on accepte l'équivalence entre lire/écrire le monde, on doit aussitôt ajouter qu'il y a différentes façons de l'appréhender. Soit à la façon d'une carte déjà constituée dont il s'agit simplement de retrouver le tracé, soit à la façon d'un dictionnaire ou d'un vaste répertoire de mots dont il faut inventer à nouveau l'agencement. L'une ou l'autre de ces manières appelle l'écriture comme son complément obligé.

Tous les Robinsons écrivent, s'écrivent. Jusqu'à celui créé par le nouveau prix Nobel de littérature, J. M. Coetzee, dans son roman intitulé *Foe*. Le personnage principal de *Foe* est une naufragée du nom de Susan Barton, née d'une mère anglaise et d'un père français (allusion au modèle de De Foe et à la Suzanne de Giraudoux), qui s'échoue sur une île déjà habitée par Cruso et par son serviteur noir Vendredi. La principale activité de Susan, dans l'île, consiste à convaincre Cruso d'écrire son voyage car elle est convaincue que le monde attend des récits plus que des événements. Un jour, des marins abordent dans l'île, trouvent un Cruso mourant et ramènent en Angleterre Susan et Vendredi. Le capitaine du bateau convainc à son tour Susan d'écrire sa propre histoire : « C'est une histoire que vous devriez coucher par écrit et proposer aux libraires, insista-t-il ; jamais avant vous il n'y eut encore de femme de notre nation abandonnée sur une île déserte. Cela fera sensation. » Mettant à profit ce conseil, Susan, dès son retour à Londres, va rencontrer l'auteur Daniel Foe, qui offre de lui verser une pension en échange de son récit, qu'elle rédige pour lui sous forme de lettres. Mais Foe doit bientôt se cacher, poursuivi pour dettes, et Susan continue d'écrire, cette fois pour elle-même. Elle souhaiterait « qu'il existât un homme-Muse, un dieu juvénile qui vînt la nuit rendre visite aux femmes-auteurs et qui fît couler leur plume ». En fin de parcours, elle ne craint pas d'affirmer que les aventures non écrites ne méritent pas d'être vécues. *Foe* montre bien à quel point la littérature s'inspire des textes antérieurs à la manière de variations sur des thèmes connus, à quel point aussi l'écriture a partie liée avec la vérité ou le mensonge (Foe/faux ?) du récit.

Que cherche-t-on en voyage, sinon une qualité d'émotion susceptible de renouveler notre entendement du monde ? N'est-ce pas là aussi notre désir en écrivant ? Voyager pour écrire donc. À moins que ce ne soit l'inverse, comme le dit Butor, car « écrire c'est voyager ».

Extérieur jour

Flânerie sur les quais. Chez les bouquinistes, on voit de plus en plus de cartes postales, de gravures, de bandes dessinées et de moins en moins de livres. Près du Pont-Neuf, l'un d'eux m'explique que les concessions sont données par la ville de Paris et qu'il a dû attendre lui-même cinq ans avant d'obtenir la sienne. « Du temps où Chirac était maire, ajoute-t-il, on pouvait obtenir une concession en quelques jours si on acceptait de l'aider à payer sa "note d'épicerie". Aujourd'hui, c'est différent. » Ce bouquiniste, habillé d'un pantalon en velours côtelé, d'un pull à col roulé et d'une veste de daim, est aussi peintre. Il est fier d'exposer, à côté de quelques gravures et tableaux, un article de journal qui lui est consacré.

Je fouille dans son étalage et trouve, à ma grande surprise, deux éditions originales numérotées de Giraudoux, *Adorable Clio*, datée de 1920, et *Juliette au pays des hommes*, de 1924. Les pages n'en sont pas encore coupées. L'homme, nouveau dans le métier, ne semble pas connaître la notion d'édition originale puisqu'il me propose plutôt, pour un prix à peine plus élevé, une édition reliée d'un autre ouvrage de Giraudoux. Mais je décline, sous un prétexte quelconque.

Mon trésor sous le bras, je le quitte en me promettant bien de revenir le visiter.

Intérieur nuit

Je découpe une à une les pages de *Juliette au pays des hommes*, jusqu'à ce que j'arrive à la « Prière sur la tour Eiffel ». Sans doute le morceau d'anthologie le plus souvent cité de l'auteur. Le narrateur-écrivain rencontré par Juliette lui décrit Paris comme « les cinq mille hectares du monde où il a été le plus pensé, le plus parlé, le plus écrit [...] Tous les accidents du travail sont ici des accidents de la pensée [...] Il y a plus de chances qu'ailleurs pour que les dos courbés, les rides de ces bourgeois et de ces artisans aient été gagnés à la lecture, à l'impression, à la reliure de Descartes et de Pascal. Pour que ces lorgnons sur le nez aient été rendus nécessaires par Commines et par Froissart ». Et de poursuivre : « Je suis un petit messie pour trois ou quatre phrases [...] Je suis un petit messie pour les objets et les bêtes minuscules. » Giraudoux, minimaliste avant l'heure, devrait être recomposé par fragments, par pièces détachées, de façon à faire ressortir les motifs qui ont fait sa renommée. Comme la petite phrase de la sonate de Vinteuil, dans *À la recherche du temps perdu*, des formules mélodiques rythment sa prose et l'éclairent. Aurait-il pu dire de lui-même, comme il l'affirmait de l'écrivain Lemançon, également fréquenté par Juliette, « que l'univers était recouvert pour lui plus que pour tout autre d'une croûte verbale qui lui cachait les gouffres du chaos, et qu'il était optimiste » ? L'écriture comme thérapie ou comme masque : ne peut-on pas inverser la proposition et considérer l'écriture aussi comme une mise à vif ?

Extérieur jour

Un groupe formé de deux hommes, deux femmes et une enfant, s'assoit à la terrasse d'un restaurant. L'un des hommes veut se mettre devant l'enfant, une petite fille d'environ huit ans. « Cela ne se fait pas », dit la mère. L'homme s'étonne, hésite un moment, puis accepte le diktat des convenances et s'installe sagement en face de la femme.

Intérieur nuit

La « trouvaille » d'hier m'a intriguée. Je suis retournée chez le bouquiniste. La boîte était fermée. Il est en congé, m'apprit son voisin. L'étalage de celui-ci était aussi bien pourvu. J'ai palpé avec plaisir une édition reliée de *À la recherche du temps perdu,* en plusieurs tomes. Hélas l'exiguïté des espaces parisiens laisse peu de place à de telles collections. J'ai trouvé de nouveau mon profit : une édition ancienne de la *Lettre à l'Académie* de Fénelon, dans laquelle il est question de langue. À deux pas de la Coupole, où siège l'Académie française, l'ouvrage prenait une dimension particulière.

À la différence de ses contemporains, l'écrivain du XVIIIe siècle s'inscrit en faux contre le purisme mis à l'honneur lors du siècle précédent. Il croit qu'il ne faut pas hésiter à prendre exemple sur le français du XVIe siècle, avec son « je ne sais quoi de naïf, de hardi ». Qu'il ne faut pas non plus hésiter à emprunter aux langues étrangères, ainsi que font les Anglais « qui ne refusent aucun des mots qui leur sont commodes ». L'avis de Fénelon sur ce point a eu l'effet d'un coup d'épée dans l'eau, ses contemporains étant plus enclins à considérer la langue comme *fixée,* selon l'expression de Voltaire, qu'à en programmer le développement. Il faudra attendre le XIXe siècle et la turbulence hugolienne pour que les écrivains se rendent compte de la nécessité de faire bouger la langue, de l'assaillir. Cela jusqu'à la belle formule de Proust déclarant que « la meilleure manière de défendre une langue, c'est de l'attaquer ».

Extérieur jour

Une annonce dans le métro. *Do you speak Business English ? Do you speak Wall Street English ? Venez l'apprendre au Wall Street Institute. 97 % de réussite.*

Intérieur nuit

Concert dans l'ancien atelier de Picasso, au 7, rue des Grands-Augustins. Un quatrième étage facile d'accès à cause du large escalier qui y mène. À l'intérieur, les fenêtres ont été peintes en blanc, de façon à éviter la lumière trop directe. Ainsi en avait décidé le peintre. Des poutres soutiennent murs et plafonds. Une tapisserie représentant *Guernica,* toile qui fut composée dans ce lieu, occupe le centre de la pièce. Picasso – grande photo posée sur un chevalet – regarde les visiteurs d'un air complice. Le grenier, occupé durant de longues années par la chambre des huissiers de Paris, a été récemment restauré et mis à la disposition du CNEA, Comité national pour l'éducation artistique. On y organise des ateliers d'art pour les enfants le matin et des manifestations artistiques certains soirs. Chaque événement est choisi en fonction de son lien plus ou moins étroit avec l'activité de Picasso. Ou encore celle de Jean-Louis Barrault, qui avait vécu dans ce grenier avant de le céder au peintre. Les œuvres présentées au concert ce soir-là sont celles de Bartók, Chostakovitch et autres compositeurs contemporains du maître. Les jeunes musiciens, un trio formé d'une violoniste, un violoncelliste et un pianiste, les exécutent avec brio et sont longuement applaudis par un public enthousiaste, une quarantaine de personnes tout au plus, parmi lesquelles se trouvent des étudiants de l'École du Louvre. Après le concert, les fenêtres s'ouvrent sur la rue du Pont-de-Lodi et l'air frisquet qui entre réveille quelques têtes ensommeillées, donnant à chacun juste l'énergie qu'il faut pour rentrer chez soi.

Extérieur jour

Déjeuner chez Annie Saumont, qui vient de faire paraître un nouveau recueil de nouvelles. Son appartement se trouve au cinquième étage d'un immeuble du IIIe arrondissement, avec des fenêtres de chaque côté où fleurissent des plantes et des géraniums. Une vaste bibliothèque le traverse de part en part, ornée ici et là de menus objets, de photos d'enfants.

J'avais fait sa connaissance à Québec il y a quelques années à l'occasion d'une Rencontre québécoise internationale des écrivains. Je l'avais ensuite revue à Paris, puis ai continué à la fréquenter. Cette femme d'allure frêle a pendant plusieurs années travaillé comme traductrice littéraire, tout en écrivant. Elle a ainsi traduit, parmi d'autres textes, *L'attrape-cœur* de Salinger. Mais l'écriture des nouvelles a peu à peu pris toute la place. Faisant fi des sollicitations des éditeurs qui lui demandaient des romans, Annie a fait ce qui lui plaisait, écrit ce qu'elle voulait bien écrire. « Je n'ai jamais douté », me confie-t-elle. « Quand un éditeur refusait mes textes, j'allais ailleurs, sans trop me poser de questions », poursuit-elle. Bel exemple d'une ténacité à toute épreuve. Le talent, n'est-ce pas d'abord cela, ce besoin de fabriquer quelque chose avec les outils que l'on s'est choisis ?

Les éditeurs français boudent la nouvelle. Tout au plus se sentent-ils dédouanés lorsqu'ils peuvent afficher le nom d'un ou d'une nouvelliste maison. Pourquoi cette méfiance ? Est-ce vraiment celle du public ? Pourtant certains recueils récents, comme celui d'Anna Gavalda, *Je voudrais que quelqu'un m'attende quelque part,* ont connu un véritable succès. Annie Saumont, pour sa part, avoue vendre au moins 7000 exemplaires de chacun de ses titres, sans parler de ceux qui sont repris en livre de poche. Au Québec, fort heureusement, nous partageons avec les littératures anglophones et sud-américaines un intérêt particulier pour ce genre de récit qui débusque l'inattendu au cœur de la vie immédiate.

J'emporte avec moi l'image d'un lieu haut perché, où défilent les mots à hauteur des nuages et où l'on poursuit, entre deux orages, des conversations entrecoupées de chants d'oiseaux.

Intérieur nuit

Devant l'écran. Le Noël des chiens : 700 chiens à adopter. « Il y en a trop », dit Brigitte Bardot. Il faut opérer les femelles et castrer les mâles, pour éviter que les animaux ne deviennent malheureux. La recette est simple. Fallait y penser…

Élection de Miss France. Les jeunes filles défilent en costume régional d'abord, puis en robe du soir, et enfin en maillot de bain. On demande aux jurés si leur choix est déjà fait. Certains disent oui. D'autres qu'ils préfèrent les entendre d'abord parler. Les

Barbies sourient sur des dents bien alignées. J'ai du mal à les distinguer les unes des autres, tant le modèle semble unique et répétitif.

Extérieur jour

J'ai depuis longtemps l'intention de visiter l'église de Saint-Germain-l'Auxerrois, située dans le Ier arrondissement, entre la Samaritaine et le métro Louvre-Rivoli. C'est là qu'a été baptisée l'une de mes aïeules, Anne Magnan, jeune orpheline envoyée en Nouvelle-France en 1665, à l'âge de quinze ans, avec le mandat de peupler la colonie. Mais soit que des rendez-vous urgents m'obligent à passer outre, soit que les portes soient verrouillées, ce qui arrive la plupart du temps, je n'ai pu encore pénétrer à l'intérieur. Je profite donc de la messe du dimanche pour m'y rendre, sachant qu'au moins ce jour-là l'accès ne me sera pas interdit.

J'entre, non sans avoir admiré au passage le clocher roman, imposant de simplicité dans cet ensemble gothique. Un écriteau me prévient qu'il ne faut pas visiter durant les offices. Un autre m'avertit encore que ce ne sont pas les chanoines de Saint-Germain-l'Auxerrois qui ont donné le signal du massacre de la Saint-Barthélémy, mais les insurgés ; car l'église est tristement célèbre pour ses matines du 24 août 1572 qui déclenchèrent les opérations. Des sculptures en bois attirent mon attention. Un retable flamand du XIVe siècle représentant des scènes de la vie du Christ, un saint Pierre pêcheur d'hommes signé Albert Delbes (1888-1974). J'arrive au moment où le curé monte en chaire pour son homélie. Il reprend la parabole de la brebis égarée pour laquelle le Christ laisse de côté les quatre-vingt-dix-neuf autres. En conclusion – je ne sais trop par quels raisonnements – il prononce cette phrase aussi belle qu'énigmatique : « Faisons de notre vie l'antichambre du paradis. » La suite de l'office se déroule comme dans mes souvenirs d'enfance, à quelques différences près. Un prêtre d'origine asiatique asperge les assistants d'encens avant de passer le panier pour la quête règlementaire. Dans l'assistance, on remarque plusieurs Antillais, hommes et femmes de tous âges. La cérémonie s'achève sur des chants grégoriens récités par une chorale formée d'hommes et de femmes. Le rituel était-il le même lors du départ de la jeune Anne Magnan vers la Nouvelle-France ?

J'ai envie de retrouver sa trace, de mettre mes pas dans les siens, de rêver sa vie. Pour cela, je m'imprègne des lieux qu'elle a fréquentés. Orpheline, elle avait été recueillie par une famille avant de partir pour ce grand voyage, pourvue de la dot du roi. A-t-elle eu seulement son mot à dire dans cette décision ? Qu'a-t-elle fait juste avant de s'embarquer ? Je l'imagine longeant la Seine une dernière fois. Elle ne va pas jusqu'à la berge mais se rend directement à Notre-Dame demander la protection de la Vierge. Elle ne sait pas encore que le voyage sera long, qu'elle sera en proie au mal de mer durant plus de deux semaines et qu'elle arrivera à bout de forces. Qu'à peine descendue du bateau elle sera choisie par celui qui deviendra son mari et à qui elle donnera dix enfants. Cela, elle ne le sait pas encore. Elle ne sait pas non plus qu'une de ses descendantes cherchera un jour sa piste, un matin de décembre.

Qu'est-ce au juste qui m'attire vers elle, alors que j'ai toujours manifesté la plus grande indifférence pour les questions de généalogie ? Je savais que mes ancêtres étaient des Français venus s'établir en Nouvelle-France au XVIIe siècle et cela me suffisait. Mais voilà qu'à l'occasion d'une émission de radio, j'apprends l'origine précise du nom que je porte. La fragilité de cette jeune fille m'émeut. Sa naissance parisienne, à quelques mètres du quartier que je fréquente, m'incite à en savoir davantage. Pourquoi a-t-on médit à ce point des filles du roi ? Quels antécédents négatifs pouvait avoir une orpheline de seize ans ? Quelles étaient ses peurs, ses appréhensions devant l'aventure qui s'offrait à elle ? Dans le voyage à rebours que j'accomplis maintenant, son image m'aide à apprivoiser cette « terra incognita » qui s'appelle Paris. Peut-être arriverai-je ainsi à comprendre le besoin irrépressible qui me ramène sans cesse vers ce lieu, malgré la fracture de l'Histoire et les malentendus qui parfois me séparent de ses habitants.

Quai de la Mégisserie, parmi les marchands d'oiseaux, de poissons exotiques, de chiots et de chats de toutes les couleurs, une petite chèvre implore les passants.

J'éprouve le plus souvent à Paris un sentiment d'extrême précarité, toujours hantée par la perspective d'une catastrophe à venir. La chaudière coule. La serrure de la porte se bloque. Il n'y a plus d'eau chaude. Je vis dans la menace permanente d'un déséquilibre du quotidien. Je n'arrive pas à chasser l'impression que le moindre déraillement, le moindre refus de fonctionner de la part des éléments prend ici des proportions démesurées. Qu'il suffirait d'un grain de sable pour que le réel se dérobe sous mes pieds. L'attitude hautaine de certains fournisseurs, les délais interminables nécessaires pour la plus petite réparation y sont pour peu dans cette impression. Une angoisse sourde, indéfinissable, m'habite, dont j'ai du mal à identifier la cause. Quoi qu'il en soit des affinités qui nous lient, je reste une étrangère dans cette ville dont une partie des codes m'échappe.

Pourtant ce qu'il y a de merveilleux à Paris, c'est précisément cela, la vie au jour le jour, me confiait jadis Anne Hébert. Le pain que l'on va chercher encore chaud, les produits du supermarché, la boutique de pâtes italienne. Elle habitait rue de Pontoise, tout près de la place Maubert où se tient toutes les semaines un marché en plein air. La fenêtre de son appartement donnait sur un carré de verdure entouré d'une grille. On aurait dit un jardin de curé. Le chat s'y promenait à l'aise. Tout chez elle était ordonné, chaque chose à sa place, sans rien trahir des démons intérieurs de sa locataire.

Bien campée sur ses arcs-boutants, Notre-Dame, comme au Moyen Âge et au temps de Victor Hugo, assiste impassible au défilé des générations. Cet après-midi là, un soleil éclatant illuminait les bleus de la rosace du transept. « Notre-Dame change de couleur tous les jours, écrit Jean Follain. Elle demeure la grande église des saisons. En décembre l'on peut s'y promener dans le silence et le froid et contempler les pourpres, les bleus d'émail et les violets prune des vitraux glacés. » Il devait faire beau aussi en cette journée de juin quand Anne Magnan la Parisienne tourna le dos à sa ville sans savoir ce qui l'attendait là-bas. Mais sait-on jamais ce qui nous attend de l'autre côté du rivage ?

Intérieur nuit

Anne Magnan. Je continue à rêver d'un livre qui retracerait son destin, ses réactions à l'arrivée en Nouvelle-France, le changement radical qui s'est alors opéré dans sa vie. L'exotisme, en ces temps de colonisation, n'avait rien à voir avec le besoin de nouveauté qui habite les touristes de l'ère moderne. Peut-on même encore aujourd'hui parler d'exotisme ? À l'heure de la mondialisation et de l'uniformisation des cultures, l'exotisme est devenu un mot périmé, usé à force d'avoir servi. Éprouve-t-on encore ce sentiment de l'altérité bien défini par Victor Segalen comme « la réaction vive et curieuse au choc d'une individualité forte contre une objectivité dont elle perçoit et déguste la distance » ? Pourquoi au juste voyage-t-on ? La réponse est donnée tout entière dans cette formule de Jacques

Meunier : « Je pars pour, en tant qu'homme, savoir d'où je viens. »

Tout voyage est un recommencement, une remise en cause de soi et de son rapport au monde, un arrachement au confort et au conformisme des habitudes, à la sécurité routinière. Tout voyage comporte le risque d'un départ définitif et, pour ceux qui restent, de l'abandon ou de l'oubli, ce qui est la forme ultime du rejet. Ce risque, comment ne pas le prendre lorsque en contrepartie se dessinent avec une netteté exemplaire, à la manière d'icebergs fascinants et inéluctables, les paramètres de son propre parcours ? Borduas à Paris peignit ce que je considère comme ses plus belles toiles, les abstractions en noir et blanc qui sont l'aboutissement de sa recherche picturale. Riopelle a eu besoin de ce dépaysement pour accomplir sa trajectoire de peintre, dont l'inspiration profonde lui vient pourtant des lieux qu'il a fréquentés enfant. Ses images de Paris en noir et blanc, tournées en 1951 avec une caméra prêtée, montrent un homme curieux du détail autant que des perspectives, fasciné par la beauté des plans successifs créés par l'enfilade des toits et des bâtiments, mais aussi attentif à l'effet causé par la course d'un cycliste sur les berges de la Seine et au train-train journalier tel qu'il se décline dans les passages, à l'heure où les ménagères reviennent de faire leurs courses, un cabas à la main.

Sans être une ville exotique, Paris demeure pour moi un lieu susceptible de provoquer cette vie en retrait qui permet de voir les êtres et les choses autrement. Être ailleurs oblige à transformer l'ordinaire en objet de regard, comme si d'un seul coup la vision se décuplait, s'affinait. En réalité, rien n'est banal lorsqu'on n'est plus « chez soi ». N'est-ce pas là la condition même de l'écriture ? Ma solitude parisienne est celle d'une vaste chambre d'échos dont je tente de *percevoir* et de *déguster* la distance, selon la belle formule de Segalen.

Extérieur jour

Sur un trottoir près de la place du Châtelet, un abri de fortune monté avec des panneaux de carton. Recroquevillé sur lui-même, un vieillard regarde les passants d'un air résigné. Un peu plus loin, une imposante femme noire, entourée de valises et d'objets hétéroclites, monologue sans se soucier des coups d'œil embarrassés que sa présence provoque.

Rue Gît-le-Cœur une dame précise à sa compagne que l'appellation d'origine était Gilles-Queue, du nom d'un chef célèbre.

Rue Saint-André-des-Arts, un groupe composé d'une violoncelliste, d'un violoniste et d'un altiste joue du Schumann. Dans l'étui ouvert devant eux, on a mis tout juste deux euros.

La ville est un maelström au mouvement jamais arrêté, indéfini, point de rencontre privilégié entre un passé toujours présent et un avenir qui s'actualise à chaque instant.

*

Chacun invente son Paris. Celui de Baudelaire, déjà, évoquait les termes jumelés de solitude et de multitude : « Qui ne sait pas peupler sa solitude, écrit-il, ne sait pas non plus être seul dans une foule affairée. » Celui de Julien Green, aux relents d'enfance, balade son lecteur à travers le dédale des escaliers, le Paris secret d'une « certaine laideur » et de la « bonne camaraderie des objets », le Paris des cris perdus, tel celui du « mouron pour les petits oiseaux », empreint de nostalgie : « On l'entendait dans certaines rues parisiennes, la petite phrase unie qui traversait la grosse rumeur du marché. [...] Et la femme qui proférait ce chant mystérieux marchait toujours entourée d'une grande solitude, quand même on la bousculait. » Le Paris de Léon-Paul Fargue est découpé en quartiers comme autant de frontières à transgresser, le Paris de Ramuz devient objet d'un regard médusé, celui de Miron est lié à un certain rapport des mots aux choses, celui, plus récemment, de Philippe Delerm décline dans un même registre l'insolite et le familier.

Chacun invente son Paris au gré des événements et des rencontres qui sculptent sa mémoire. Le mien est celui des départs et des arrivées à vol d'oiseau. Celui des cafés crème pris dans la somnolence des premières heures. Celui des veilles et des petits matins froids de l'automne traversés par un kaléidoscope d'images aussi diverses qu'imprévisibles. Mon Paris est un Paris aux mille visages que je m'applique à lire à travers les signes qui s'offrent à ma vue. Un Paris qui demeurera pour moi à jamais énigmatique, tant le cœur de la ville échappe et échappera toujours à celui qui tente de s'en approcher. Là réside la séduction d'un lieu qui appelle la fiction comme son complément plus rêvé que réel, car « Paris restera le décor d'un roman que personne n'écrira jamais » (Julien Green).

Paris, octobre-décembre 2003

OUVRAGES CITÉS

Benjamin, Walter, « Baudelaire ou les rues de Paris », dans *Paris, capitale du XIXe siècle* (1972), Paris, Éditions Allia, 2003.

Charbonneau, Robert, *La France et nous* (1947), Montréal, BQ, 1993.

Coetzee, J. M., *Foe*, Paris, Éditions du Seuil, 1986.

Di Notta, David, *Festivité locale*, Paris, Gallimard, « L'infini », 1991.

Follain, Jean, *Paris* (1935), Paris, Éditions Phébus, 1978.

Green, Julien, *Paris* (1983), Seuil, « Points », 1989.

Meunier, Jacques, *On dirait des îles*, Paris, Flammarion, 1999.

Mérot, Pierre, *Mammifères*, Paris, Flammarion, 2003.

Raymond, Marcel, *Un Canadien à Paris*, Montréal, À l'enseigne des compagnons, 1947.

Segalen, Victor, *Essai sur l'exotisme*, Paris, Fata Morgana, 1978.

DU MÊME AUTEUR

Parti pris littéraire, essai, Montréal, Presses de l'Université de Montréal, 1975.

Lettres d'une autre, essai/fiction, Montréal/Paris, L'Hexagone/Le Castor astral, 1984 ; Typo, 1987.

Écrivains contemporains du Québec (co-auteur : Gaston Miron), anthologie, Paris, Seghers, 1989 ; nouvelle édition revue et augmentée, Montréal, L'Hexagone/Typo, 1998.

Fugitives, nouvelles, Montréal/Bédarieux, Boréal/Cercle noir éditeur, 1991 (Prix des Arcades de Bologne).

Entretiens avec Fernand Leduc, suivi de *Conversation avec Jeanne Renaud*, Montréal, Liber, 1995.

L'écrivain francophone à la croisée des langues, entretiens, Paris, Karthala, 1997 (Prix France-Québec).

À une enfant d'un autre siècle, essai, Montréal, Leméac, « L'écritoire », 1997.

Langagement. L'écrivain et la langue au Québec, Montréal, Boréal, 2000.

Chez Riopelle. Visites d'atelier, Montréal, L'Hexagone, 2002.

Arrêts sur image, nouvelles, Québec, L'Instant même, 2003.

La fabrique de la langue. De François Rabelais à Réjean Ducharme, Paris, Éditions du Seuil, « Points-essais », 2004 (Mention spéciale du jury du Grand Prix de la critique 2004).

Ouvrages traduits

Letters from an-other, Toronto, Women's Press, 1989 traduction de Susanne de Lotbinière-Harwood (Prix F.-A. Savard de traduction, université Columbia, New York).

Figure (*Fugitives*), traduction de Carla Fratta, Bologna, edizioni Pendragon, 1994.

Direction d'ouvrages collectifs

Trajectoires : Littérature et institutions au Québec et en Belgique francophone (co-direction J.-M. Klinkenberg), Bruxelles/Montréal, Labor/P.U.M., 1985.

Écrivain cherche lecteur, « L'écrivain francophone et ses publics » (co-direction J.-M. Klinkenberg), Paris/Montréal, Créaphis/VLB éditeur, 1991.

L'âge de la prose, « Romans et récits québécois des années 80 » (co-direction F. Marcato-Falzoni), Rome/Montréal, Bulzoni/VLB éditeur, 1992.

Giraudoux et l'écriture palimpseste, Montréal, Paragraphes, 1997.

Nouvelles d'Amérique, Montréal, L'Hexagone, 1998 (co-direction M. Condé).

Les langues du roman, Montréal, P.U.M., 1999.

Les automatistes à Paris, Montréal, Les 400 coups, 2000.

Littératures mineures en langue majeure : Québec/Wallonie-Bruxelles, (co-direction J. P. Bertrand), Bruxelles et Montréal, Peter Lang/P.U.M., 2003.

Le dire de l'hospitalité, (co-direction P. P. L'Hérault et A. Montandon), Clermont-Ferrand, Presses universitaires Blaise-Pascal, 2004.

Ouvrage réalisé par Luc Jacques, typographe. Achevé d'imprimer en septembre 2005 sur les presses des Imprimeries Transcontinental., pour le compte de Leméac Éditeur, Montréal. Dépôt légal, 1re édition : septembre 2005 (Éd. : 01 / Imp. 01)